KAÉ, OU LES DEUX RIVALES

Sawako Ariyoshi

Kaé
ou
les deux rivales

ROMAN
TRADUIT DU JAPONAIS
PAR
YOKO SIM ET PATRICIA BEAUJIN

Titre original :
HANAOKA SEISHU NO TSUMA

1

Kaé avait huit ans lorsqu'elle vit Otsugi pour la première fois. Elle avait supplié Tami, sa nourrice, de l'emmener à Hirayama, village voisin, dès que celle-ci lui avait raconté l'histoire. C'était en été. Le jardin devant la maison était envahi par les mauvaises herbes, et les fleurs blanches de l'aubergine-qui-rend-fou [1] se détachaient avec une clarté singulière sur le fond vert de l'herbe alourdie de chaleur. Elles ressemblaient merveilleusement au profil blanc d'Otsugi, tel qu'il surgit soudain sous l'auvent de la vieille maison.

— La voilà. C'est elle, Mademoiselle.

Devant la haie de mandariniers sauvages, Tami se retourna fièrement : ses narines semblaient dilatées d'orgueil. Kaé, oubliant dans son ravissement de lui répondre d'un signe de tête, contemplait la belle Otsugi qui arrosait le jardin.

L'histoire relatait comment Otsugi, quittant la

1. Aubergine-qui-rend-fou : traduction mot à mot d'une des appellations populaires japonaises du *Datura alba Nees*, adoptée de préférence au nom populaire français : « pomme épineuse », que l'on donne à une variété particulière de stramoine. C'est le terme que nous avons choisi chaque fois que les connotations qu'il possède en japonais ont une influence directe sur les réactions et les associations d'idées des personnages. *(N.d.T.)*

famille Matsumoto de Chô no machi, au-delà du fleuve, était venue comme bru dans celle des Hanaoka à Hirayama de Nate no shô [1]. Grâce à la douceur du climat du Kishû, les villages situés le long de la Kinokawa, surtout en aval et au nord de Hirano, jouissaient de l'abondance et du calme, si bien que, pendant cette période paisible du gouvernement des Tokugawa, il ne se produisait guère d'événements qui alimentassent longtemps les conversations des villageois de Nate, bourgade restée à l'écart des grands axes. Aussi, pour peu qu'il s'en produisît un, on s'empressait de se le transmettre de bouche à oreille, de parents à enfants. Il y avait donc à peine dix ans, puisque cela remontait au milieu de l'ère Hôreki [2], qu'Otsugi s'était installée à Hirayama, et le fait qu'elle existât réellement était une raison supplémentaire pour que les villageoises ne perdissent pas une occasion de raconter l'histoire dont elle était l'héroïne, au point que plus personne ne l'ignorait dans tout Nate. La famille de Matsumoto Shinjirô de Chô no machi, bien que ne pouvant prétendre au même rang que celle des Imose de Nate, était cependant propriétaire foncier, et jouissait en outre d'une bonne réputation, acquise dans le commerce de l'indigo et de la teinture, qu'elle pratiquait honnêtement.

Dès l'enfance, leur fille Otsugi était connue pour son intelligence et sa beauté, mais elle fut atteinte, à l'âge du mariage, d'une grave maladie de la peau. Ses parents étaient prêts à n'importe quelle dépense pour la soigner, mais tous les médecins

1. *Nate no shô* : mot à mot, « domaine de Nate ». Mais à l'époque dont il s'agit, l'expression est devenue un simple toponyme, sans implications économiques ni juridiques. *(N.d.T.)*

2. Ère Hôreki : 1751-1763, deuxième partie du règne de l'empereur Momozono (1747-1762). *(N.d.T.)*

appelés à son chevet finirent par renoncer. Hanaoka Naomichi eut vent de l'histoire, et, traversant le fleuve, se présenta un jour chez les Matsumoto. Avec audace, il s'engagea à guérir leur fille, s'ils lui permettaient de l'épouser lorsqu'elle serait complètement rétablie. Ce n'était qu'un petit médecin de campagne, dont ils n'avaient guère entendu parler ; en désespoir de cause, ils acceptèrent ses conditions, pour qu'il entreprît le traitement. Le résultat fut tel qu'Otsugi dut venir vivre dans la famille de ce médecin sans fortune.

L'histoire aurait dû insister sur l'exploit thérapeutique de Hanaoka Naomichi, capable d'un tel succès là où les autres médecins s'étaient déclarés impuissants, mais Naomichi était déjà bien trop fanfaron pour que les villageois se sentissent enclins à flatter plus encore sa vanité, et ils se montrèrent parcimonieux dans leurs éloges à son égard. D'autre part, l'héroïne se révélant plus belle et plus intelligente que la légende n'eût pu la faire, ce fut sur elle que l'attention se concentra, au point qu'on prit l'habitude de conclure le récit en conseillant à l'interlocutrice : « Allez donc voir au moins une fois Otsugi-san, elle est d'une telle beauté ! » Et chaque fois, celle qui avait cédé à la curiosité qu'éveillaient en elle ces paroles s'étonnait, en la voyant à Hirayama, de la découvrir encore plus belle qu'elle ne l'avait imaginée.

Kaé, lorsqu'elle fit la même expérience, avait donc huit ans, alors qu'Otsugi en avait tout juste trente, ce qui l'excluait normalement de ce que l'on considérait à l'époque comme la fleur de la jeunesse ; mais même pour le regard d'une petite fille, elle ne paraissait pas son âge.

En pleine canicule, Otsugi semblait fraîche et nette dans son vêtement de coton tissé à la main, aux rayures serrées, avec sa ceinture un peu étroite élégamment nouée. Mais ce qui resta gravé dans la mémoire de Kaé, ce fut le visage, aussi blanc que les fleurs, et le chignon Marumage [1] aux coques luisantes, ne laissant pas s'échapper la moindre mèche folle, aussi parfait que s'il venait d'être achevé. Sa peau blanche accentuait par contraste le noir de ses cheveux. A l'emplacement des sourcils, rasés, subsistait une trace bleuâtre, virginale, comme chez une jeune femme au lendemain de son mariage.

Kaé ne devait jamais oublier ce visage. Elle n'était pourtant pas particulièrement précoce : si elle se souvenait si bien de tous ces détails, c'était sans doute dû à ce que la beauté d'Otsugi avait de frappant.

Kaé en parla à sa mère le jour même, ou dès le lendemain. Elle n'avait rien fait de répréhensible, et n'avait donc rien à dissimuler, mais, surtout, elle éprouvait un urgent besoin de faire partager à quelqu'un l'émotion qui l'étreignait. Sa mère l'écouta en acquiesçant, et déclara qu'elle partageait son opinion sur la beauté d'Otsugi, puis elle ajouta :

— Non seulement elle est belle, mais de plus, personne ne tarit d'éloges sur son intelligence. Je ne sais pas sur quoi ils se fondent, mais tous ceux qui la connaissent s'accordent à le dire.

L'émotion qu'avait éprouvée Kaé commença dès ce moment à s'amplifier jusqu'à se muer en adoration. Tant pour son intelligence que pour sa

1. *Marumage :* coiffure qui apparut, sous un autre nom, à l'ère Genroku (1688-1704), et qui, à partir de l'ère Temmei (1781-1789), fut adoptée par les femmes mariées des classes supérieures et aisées. Avec l'âge, le volume des coques diminuait naturellement, mais il était de mauvais ton de recourir aux mèches postiches pour compenser cet amenuisement. *(N.d.T.)*

beauté, Otsugi ne suscitait que des éloges chez tous ceux qui la connaissaient. Quel plus bel accomplissement une femme pouvait-elle ambitionner ? Kaé voyait en Otsugi un être quasi sacré, et l'adoration qu'elle lui portait se développa à la façon d'une foi religieuse au fur et à mesure qu'elle avança en âge. Comme ce sentiment s'était déclenché chez elle alors qu'elle était encore enfant, avant l'âge des coquetteries d'adolescente, elle ignorait tout de la jalousie des femmes les unes à l'égard des autres, et ne se sentait pas frustrée de n'être ni plus belle ni plus intelligente que la moyenne des jeunes filles : elle adorait donc Otsugi en toute ingénuité.

Bien que Hirayama fût tout proche du bourg où Kaé habitait, elle n'avait pas l'occasion de s'y rendre pour revoir Otsugi. Car elle appartenait à une famille de notables locaux, dont le chef assumait depuis des générations les fonctions de chef de la milice, ou *Jizamurai*, et de *Shôya* [1] ; sa maison servait officiellement de résidence au seigneur de la province lors de ses déplacements à Ise, d'où son nom d'hôtel seigneurial de Nate. Et une fille de ce rang n'était pas autorisée à courir librement dans les champs comme les filles de paysans.

La famille Imose avait pourtant un mode de vie dépourvu de faste. Kaé avait été éduquée sévèrement, et outre la lecture et l'écriture, avait été formée à la couture et aux soins du ménage. Depuis son enfance, on avait mis à profit toutes les occasions, fêtes ou commémorations, pour lui enseigner peu à peu les préceptes de la cuisine. Son

1. *Shôya* : adjoint local au représentant du Bakufu, celui-ci étant chargé de l'administration d'une circonscription dans les domaines appartenant en propre au Shôgun. *(N.d.T.)*

père, Sajibê, ne voulait pas d'un train de vie luxueux, et sa mère, ayant appris dès son mariage qu'un perfectionnement dans les arts d'agrément était de peu d'utilité, se préoccupait avant tout de la doter d'un savoir d'ordre plus pratique. Chaque fois que le seigneur du Kishû séjournait chez eux, Sajibê et sa femme demandaient la permission de faire servir à sa table au moins un plat préparé par leur fille, ce dont ils tirèrent longtemps une grande fierté. Ainsi, dès quatorze ans, Kaé fut chargée d'apporter respectueusement la petite table laquée frappée de la feuille de mauve, emblème du seigneur, et de servir à celui-ci son repas.

Sa situation sociale la privait donc des occasions de revoir Otsugi ; en revanche, lorsque Hanaoka Naomichi se présentait chez les Imose, elle ne manquait jamais d'être présente dans la chambre de son grand-père, où elle n'avait pourtant rien de précis à faire, sous couleur de s'informer de l'état de ce dernier. Elle-même jouissait d'une telle santé qu'elle ne savait même pas ce que c'était qu'un rhume, et ne voyait un médecin que lorsque l'un de ses proches tombait malade.

En l'occurrence, c'était son grand-père, maintenant retiré après avoir cédé à Sajibê la direction de la maison, et souvent alité en raison de son grand âge, qui faisait appeler le médecin. Il en existait dans le bourg de plus réputés que Naomichi, et rien n'obligeait à recourir à un homme de Hirayama, sinon la préférence qu'avait pour lui le vieil homme retiré, qui, las de son oisiveté, trouvait une certaine distraction dans les fanfaronnades de Naomichi. Mais lorsque d'autres membres de la famille tombaient malades, on faisait appel à un médecin du bourg. Personne d'autre que le grand-père ne voulait se laisser prendre le pouls par Naomichi, qui, d'ailleurs, était surtout chirurgien. Kaé elle-même, n'ayant jamais accordé d'intérêt aux médecins en général, n'eut connaissance des visites de Naomichi que lorsque Tami lui eut raconté l'histoire. Mais depuis qu'elle avait vu Otsugi, elle s'était mise, brûlant maintenant de voir qui était son mari, à espérer que son grand-père tomberait malade.

Pourtant, tout l'été, le vieil homme se porta bien. Chaque fois qu'elle venait s'informer de sa santé, Kaé le trouvait en pleine forme ; elle repartait déçue, et de surcroît dégoûtée du spectacle de la bouche édentée qu'exhibait le vieillard pour manger avec de grands clapements de langue ses filets de carpe crus. Mais comme il était frileux, il se prétendait souvent malade en hiver afin d'avoir une bonne raison de rester au lit, et il finissait par s'enrhumer effectivement ou par souffrir de migraines. Naomichi se présentait alors d'un air dégagé à la porte des Imose, transportant lui-même sur son épaule sa boîte à remèdes.

Cependant, lorsque Kaé le vit enfin, après cette longue attente, il lui parut si différent de l'image qu'elle s'était faite du mari d'Otsugi qu'elle fut profondément désappointée. Par contraste avec le chignon irréprochable d'Otsugi, les cheveux de Naomichi semblaient n'avoir pas été coiffés depuis fort longtemps. Il avait la peau rouge des buveurs, des lèvres larges et épaisses, et de grosses dents irrégulières. Comparé à Otsugi, il était laid, et Kaé ne parvenait pas à trouver la moindre trace de raffinement dans ses manières. Son kimono, malgré la large feuille de paulownia qui l'ornait, était usé et sale au point de faire douter que son propriétaire en changeât pour dormir. Il n'avait apparemment pas été lavé depuis des années, et faisait injure à l'emblème qu'il portait. Kaé gardait le souvenir d'une Otsugi irréprochable, dans un kimono aux rayures nettes, aussi bien empesé que s'il venait d'être fait. Incrédule, elle se demandait comment une femme si élégante pouvait avoir pareil mari. Il lui était difficile, étant donné son âge, de concevoir ces deux personnages comme formant un couple.

Naomichi avait une voix forte et rauque. A peine avait-il pris le pouls du vieillard qu'il se mettait à parler du monde. Mais dans ce « monde », le domaine de Nate ne tenait aucune place. Naomichi ne s'intéressait qu'aux affaires de l'État. Le vieillard, qui prenait grand plaisir à ce sujet de conversation, lui contait parfois jusque tard dans la nuit l'histoire de la branche Tokugawa du Kishû. Mais, alors que le vieillard ne pouvait, malgré l'envie qu'il en avait, répéter trop souvent ces vieux récits, Naomichi, lui, semblait disposer d'informations toutes fraîches sur les affaires de la capitale, et cela en imposait à son interlocuteur. Pourtant, ces événements remontaient bien à trois ou quatre ans déjà, car le Kishû était loin d'Edo et des grands axes, et ce petit médecin de campagne n'avait pas une grosse clientèle. Mais Naomichi, de caractère fougueux, mettait à les conter autant de chaleur que s'il les avait vécus personnellement. Et le vieillard, sachant bien à qui il avait affaire, l'écoutait en ne prenant au sérieux que la moitié de ce qu'il entendait.

— Je vous prédis que notre pays connaîtra un jour le règne de la médecine occidentale. C'est ce que répétait déjà mon maître, Iwanaga Bangen, lorsque j'étudiais chez lui à Osaka, et moi qui ai été formé à cette médecine, je perçois les signes avant-coureurs de son avènement. A Edo, déjà, Maître Yamawaki Tôyô a disséqué des cadavres de condamnés. Maintenant, c'est Maître Sugita Gempaku qui plaide en faveur de la médecine occidentale. A l'inverse de la médecine orientale, laquelle s'appuie pour le moindre diagnostic sur la prise du pouls, cette médecine procède à un examen attentif de toutes les parties du corps humain. Et quelle merveille de création que ce corps humain ! Dans un simple doigt, on trouve non seulement le sang, la chair et les os, mais encore les diverses humeurs qui l'irriguent et les nerfs qui le parcourent. Il n'y a qu'en examinant tout cela qu'on peut porter un diagnostic sérieux. Il n'y a pas de médecin prodige : une fois le corps entièrement connu, il ne restera qu'à établir la prescription correspondant à chaque cas. Que les autorités se soient décidées à prendre des mesures sérieuses en faveur de l'introduction de techniques médicales dont elles reconnaissent enfin la valeur, voilà qui est encourageant. Combien de temps s'est déjà écoulé depuis l'arrivée de Hollande du fameux médecin Hall et du professeur Van Tanno !

C'est à peine si Naomichi se souciait, en parlant, de prendre le pouls de son malade, et quoi qu'il racontât, il finissait invariablement par glorifier son fils :

— Oui, c'est l'année de la naissance d'Umpei, la dixième année de Hôreki [1], que le professeur Hall est venu au Japon. C'est ce que j'ai appris après coup. Lorsque j'ai constaté cette coïncidence, j'ai éprouvé une conviction. C'était le vingt-troisième jour du dixième mois, au milieu de l'automne, et le temps était jusque-là resté serein. Mais il se couvrit soudain, et l'instant d'après, des éclairs aveuglants lacéraient le ciel noir, tandis qu'une foudre effroya-

1. 1761.

ble frappait le sol. C'est au plus fort de cet orage qu'Umpei est né. Quand j'ai accouché la mère et pris l'enfant dans mes bras, je me suis aperçu que le ciel s'était éclairci, et j'ai vu des oiseaux qui volaient à une grande hauteur. Je me suis écrié qu'un enfant prodige venait de naître. Sans doute, le professeur Hall a-t-il lui aussi été surpris qu'un phénomène aussi curieux se produise au moment même de son arrivée au Japon. A l'instant où il mettait le pied sur notre terre, Shin est né. Je suis sûr de ne pas me tromper. C'est en mémoire de l'orage qui a coïncidé avec sa naissance que je l'ai nommé Shin [1], et que je lui ai donné Umpei [2] comme nom courant. N'était-ce pas bien choisi ? Umpei ouvrira sûrement des horizons nouveaux dans un proche avenir.

Pour Kaé, Naomichi, avec ses mauvaises manières et son aspect prématurément vieilli, était déjà un vieillard, quoique encore vert, et elle trouvait la naissance de cet enfant plutôt inconvenante. Il y avait en fait quatorze ans de différence entre Otsugi et Naomichi, mais, elle paraissant plus jeune, et lui plus vieux, il semblait à Kaé que l'écart entre eux était plus important, et elle ne parvenait pas à croire qu'Otsugi pût être la femme de l'homme qu'elle avait sous les yeux.

Naomichi ne venait jamais chez les Imose sans s'éterniser à raconter différentes anecdotes, qui finissaient toujours par un éloge de son fils Umpei. Souvent dépourvues d'intérêt en elles-mêmes, ces histoires, dont Umpei était immanquablement le héros, révélaient simplement de quelles espérances ce fils était porteur pour toute la famille, à commencer par Naomichi lui-même. Mais pour Kaé, il ne présentait pas le moindre intérêt, quelque

1. *Shin :* Secousse.
2. *Umpei :* Nuage Paisible. *(N.d.T.)*

insistance que mît son père à en faire le centre de la conversation. Pourtant, elle ne pouvait s'empêcher d'assister à chacune des consultations de son grand-père. Mais Naomichi ne parlait guère de sa femme. Cette histoire-là était d'ailleurs bien trop connue pour qu'il eût besoin de la rappeler, et il n'échappait sans doute pas à cette tendance qu'ont les hommes à éviter de mentionner l'existence de leur femme. Kaé savait bien que si elle cherchait à le voir, c'était uniquement parce qu'il était le mari d'Otsugi ; elle était cependant chaque fois déçue dans son attente.

2

Quand son grand-père mourut, Kaé avait déjà dix-huit ans. Le vieillard qui, en réalité, était resté relativement bien portant malgré sa dépendance vis-à-vis du médecin, succomba subitement à une hémorragie cérébrale, et n'eut pas à souffrir une longue agonie, ni à subir de pénibles soins.

Lorsqu'il s'éteignit, ce ne fut pas Naomichi que l'on envoya chercher, mais un médecin dont la famille était attachée à celle des Imose depuis des générations. D'ailleurs, le vieil homme ayant rendu le dernier soupir avant l'arrivée dudit médecin, il ne s'agissait plus de le soigner. Comme il avait déjà cédé la direction de la maison à Sajibê depuis environ dix ans, sa mort soudaine n'entraîna aucune perturbation, et elle fut même décrite par certains comme idéale, parce qu'elle lui avait épargné de se voir réduit à une vie de grabataire. En tant qu'ancien *shôya*, il eut droit à des obsèques grandioses. Tous les habitants de Nate vinrent brûler l'encens rituel, et il se forma une longue file devant la porte de la maison.

A l'intérieur, les Imose et leurs domestiques s'affairaient, plus préoccupés d'accueillir ceux qui venaient présenter leurs condoléances qu'affligés de la perte d'un être cher. Des hommes et des femmes, qui venaient offrir leur aide en cette circonstance, entraient et sortaient constamment. La scène n'avait rien de morne. Kaé était déjà assez âgée pour pleurer la disparition de quelqu'un, mais celle de son grand-père fut si brusque et si peu accompagnée d'éplorement, qu'elle-même se trouva gagnée par l'animation environnante qui s'ensuivit, et il lui aurait fallu un certain temps de recueillement pour pouvoir éprouver un chagrin attendri.

Elle portait un kimono de deuil en soie et s'était fait coiffer avec soin. C'était là une des occasions que saisissaient les parents d'une jeune fille à marier pour l'exposer aux regards du monde extérieur. Ainsi parée, elle secondait sa mère qui accueillait les amis de la famille, et saluait de façon réservée les villageois venus brûler de l'encens.

Ce fut ce jour-là que Kaé vit Otsugi pour la seconde fois. Naomichi, lui, était arrivé le soir même de la veillée funèbre, et était apparemment resté dans une pièce du fond, à boire du saké, sans même rentrer chez lui entre-temps. Mais bien entendu, ce n'était pas pour ramener son mari à la maison qu'Otsugi était venue. Elle se trouvait parmi les nombreux visiteurs, vêtue d'un kimono de deuil en pongé noir, et tenant un chapelet monté sur un cordon vermillon. En dépit de, ou en raison même de cette tenue austère, elle se distinguait par sa beauté de la masse des visiteurs. On aurait dit un de ces bodhisattva que l'on voyait sur les peintures bouddhiques venir recueillir l'âme du défunt. Il semblait à Kaé qu'elle percevait une aura d'un bleu de béryl autour d'Otsugi. Elle la contemplait, et ne pouvait en détacher son regard, comme s'il avait été soumis à l'attraction d'un aimant.

Elle n'était sans doute pas la seule à être ainsi fascinée. Comme Otsugi ne participait que rarement aux réunions des villageois, même à l'occasion des fêtes, les gens, en la voyant aux funérailles célébrées chez les Imose, se remémorèrent immédiatement l'épisode de son mariage, et furent surpris de la voir encore si jeune d'aspect, alors qu'en faisant le compte des années écoulées depuis cet événement, ils atteignaient et même dépassaient la vingtaine.

Elle avait mis sept enfants au monde. D'ordinaire, une femme ayant passé la quarantaine, usée par les soins incessants du ménage, ne conservait plus la moindre jeunesse : sa peau était déjà bistrée et flétrie, son corps avachi ou ratatiné. Otsugi, elle, paraissait dix ans de moins que son âge réel, et le profil de son visage baissé en signe de deuil conservait une distinction raffinée. Et Kaé ne fut pas la seule à croire discerner une aura bleue autour de sa silhouette.

Otsugi était-elle consciente d'être ainsi le centre de l'attention générale ? C'était sans doute dans ces regards flatteurs et dans ces propos admiratifs qu'elle trouvait l'aliment nécessaire à la préservation de sa beauté. Malgré sa tête inclinée, elle gardait le buste droit, comme pour en imprégner tout son corps. Mais Kaé n'avait pas encore l'expérience qui lui aurait permis de déceler le sens de cette attitude. A voir réapparaître devant elle celle dont elle avait si précieusement gardé depuis l'enfance l'image gravée dans sa mémoire, mais plus belle et plus distinguée encore malgré la sobre tenue de deuil, le souffle lui manquait presque.

Les visiteurs n'étaient généralement pas autorisés à pénétrer dans la maison, mais plutôt invités à venir joindre les mains et brûler de l'encens devant une table installée à cet effet dans un coin du jardin d'où l'on ne voyait même pas le cercueil. Si Hanaoka Naomichi avait été invité à l'intérieur de la maison, c'était en qualité de médecin préféré du défunt, mais personne ne songea à faire entrer sa femme, et il n'y avait rien là que de très naturel. Kaé elle-même n'y pensa pas. A supposer qu'Otsugi eût eu droit à ce traitement de faveur, Kaé n'aurait pas eu la présence d'esprit nécessaire pour y songer. Le souffle coupé, elle suivait des yeux la belle femme qui marchait calmement devant elle.

Le costume de deuil que portait Otsugi en cette occasion, jusqu'aux chaussettes blanches et aux sandales recouvertes d'étoffe noire, avait sans doute été préparé dès son mariage par ses propres parents, les Matsumoto. Il s'en dégageait une impression de luxe sans équivalent dans l'habillement des métayers des Imose et de leurs familles, ou des villageois qui composaient le reste de l'assistance. Grâce à des soins méticuleux et sans doute quotidiens, il ne semblait pas avoir vieilli. Le kimono était fait de pongé, et cela s'expliquait : pour cette tenue, frappée du blason familial, elle avait sans doute choisi ce tissu de préférence à de la soie brillante, qu'étant donné le rang peu élevé de son mari elle n'aurait pas eu l'occasion de porter. Mais on y reconnaissait le travail de teinture caractéristique des Matsumoto : l'étoffe était d'un noir remarquablement profond.

En outre, sa connaissance des usages ne laissait prise à aucune critique : devant comme derrière, le col de son kimono était ajusté exactement à la hauteur requise par les circonstances, et le nœud de son obi serré à la perfection. Elle s'inclina profondément devant la table funéraire, et le bleu clair du bandeau de soie qui enserrait la coque de son chignon irréprochable était étonnamment frais et agréable à l'œil. Observant ses doigts fins et souples qui approchaient l'encens du feu, ou qui, joints sur les grains du chapelet, les faisaient rouler en les frottant doucement, Kaé se disait, secrètement admirative, que c'est à la perfection de sa chevelure, de ses doigts et de ses ongles, tout autant que de son visage et de son corps, que se reconnaît une beauté authentique.

Non seulement Otsugi était belle, mais derrière la perfection de son comportement, ceux qui la regardaient percevaient cette intelligence qui avait fait sa réputation et ne se démentait pas un seul instant. Après avoir fait brûler de l'encens, elle s'inclina profondément vers la maison principale, où se trouvait le cercueil du mort, et salua poliment, en posant successivement son regard sur chacune des personnes de l'assistance, parents éloignés de Kaé qui se chargeaient des salutations d'usage près de la porte.

Kaé, qui se tenait derrière eux, ne pensait pas qu'Otsugi l'apercevrait. Lorsque son regard s'arrêta net sur elle, elle en resta pétrifiée, comme si on lui avait pointé une lame entre les sourcils. Le visage aux traits réguliers d'Otsugi exprimait une tristesse mêlée de respect, ainsi qu'il se devait. Elle salua Kaé sans paraître avoir deviné les sentiments qui l'agitaient, et s'éloigna vers la sortie. Le fil de la couture médiane de son kimono suivait une ligne remarquablement droite sous le nœud de la ceinture, comme s'il avait été tendu par le poids d'un morceau de plomb. Ce fil de soie s'éloigna sans le moindre balancement... une perfection de plus.

3

Ce fut trois ans plus tard, vers la fin du printemps, qu'Otsugi se présenta chez les Imose. A Kaé, qui était au fond de la maison, on rapporta qu'Otsugi était en train de parler avec son père, dans la salle de travail où Sajibê réglait habituellement les affaires administratives. Comme l'accès de cette pièce était interdit aux personnes de la maison, Kaé ne pouvait s'y précipiter comme elle l'aurait voulu, ni même apprendre par l'intermédiaire de sa bonne ce qui s'y passait. Tami était sortie pour dévider [1] la soie destinée à l'ouvrage de broderie sur gaze auquel Kaé était en train de s'appliquer. Malgré l'envie qu'elle avait d'assister à l'entrevue, elle n'était pas du genre à inventer un quelconque prétexte pour y parvenir. Peut-être allait-elle pouvoir interroger son père le lendemain sur ce qu'ils s'étaient dit, sans trop laisser paraître sa curiosité. Il ne lui vint pas à l'idée qu'il pût s'agir d'elle, et elle ne cessa pas pour autant de se concentrer sur son ouvrage.

1. Il s'agit, en l'occurrence, de dévider la soie des cocons, ce qui exige de faire bouillir ces derniers un certain temps. L'opération dégage une odeur si nauséabonde qu'il faut y procéder dans une pièce à part, voire dans un atelier séparé des habitations. *(N.d.T.)*

Imose Sajibê n'avait pas davantage réussi à imaginer pour quel motif Otsugi pouvait bien être venue le voir. N'étant pas occupé à ce moment-là, il l'avait invitée à entrer dans sa salle de travail. Trois ans après la mort de son père, Sajibê éprouvait vivement ce sentiment de solitude qui étreint un fils lorsqu'il se recueille pour penser au disparu. Hanaoka Naomichi n'avait plus mis les pieds chez lui depuis cette époque. Malgré le peu de confiance que lui accordait Sajibê en tant que médecin, il lui était maintenant cher comme tous ceux qui avaient autrefois connu son père.

Bien qu'un peu surpris, il adressa aimablement le premier la parole à Otsugi :

— Comment va Naomichi-san ?

Otsugi répondit en s'inclinant légèrement :

— Depuis la mort de votre père, mon mari semble découragé, et il paraît avoir beaucoup vieilli d'un seul coup. C'est d'ailleurs pourquoi je suis venue aujourd'hui de sa part.

— C'est fort aimable à vous. Et de quoi s'agit-il ?

— Nous voudrions vous demander la main de votre fille Kaé pour notre fils Shin.

Sajibê sursauta. Se moquait-on de lui ? Les Imose descendaient de la famille des Imube, suzeraine de toute la Niudani. A l'heure actuelle, ils avaient le titre de *jizamurai,* recevaient cent vingt *koku* [1] de salaire annuel, et étaient chargés de percevoir les impôts, d'assurer la sécurité et de rendre la justice dans toute la région riveraine de la Kinokawa qui va de Gojô à l'embouchure. Leur maison était construite sur un terrain de plus de mille tsubo [2], et servait de pied-à-terre au seigneur

1. Un *koku* représente 180 litres de riz. *(N.d.T.)*
2. Un *tsubo* représente environ 3,33 m². *(N.d.T.)*

de la province lors de ses déplacements. Quelle raison avait-il, lui, Sajibê, de faire, par le simple échange de coupes qui scelle l'alliance matrimoniale, entrer un médecin pauvre dans une famille aussi honorable, et cela, sous prétexte qu'il l'avait fréquentée un certain temps ?

— Voilà qui est inattendu ! répondit-il avec un sourire crispé.

Il espérait ainsi lui faire comprendre à demi-mot la disproportion flagrante entre les deux partis, mais Otsugi, restant assise bien droite, et nullement intimidée, commença à expliquer calmement pour quelles raisons elle désirait faire de la jeune fille sa bru.

Comparée à son mari, elle n'était guère loquace, mais elle sut dire l'essentiel en termes sobres. Sajibê, subjugué par sa fermeté, l'écouta jusqu'à la fin.

Elle décrivait les qualités requises pour faire une bonne épouse de médecin. Il fallait d'abord jouir d'une santé solide. Ensuite être courageuse. Les malades ne choisissaient pas leur moment : le médecin devait voler à leur secours de jour comme de nuit, et son épouse, même si elle ne savait pas prendre le pouls d'un patient, devait rester disponible corps et âme à tout instant, et attendre sans se rendormir le retour de son mari fatigué. On ne pouvait prévoir quand un blessé grave ou un grand malade se ferait amener, et une femme impressionnée à la vue du sang ou du pus n'était d'aucune utilité dans de semblables situations. En cas d'urgence, il lui fallait faire preuve de courage et aller jusqu'à laver la blessure, voire en tirer le pus par succion.

Otsugi continua :

— Une fille de paysans, habituée à des travaux

monotones comme le repiquage du riz au printemps et la moisson en automne, ne pourrait pas mener une vie aussi mouvementée. On ne demande pas à une fille sans éducation de s'adapter au mode de vie de la famille de son mari.

Elle poursuivit son raisonnement :

— Une fille de commerçants ne ferait pas l'affaire non plus. Parce qu'on ne compte pas chez les médecins. Les pauvres tombent malades aussi souvent que les riches, et il n'est pas rare qu'ils ne puissent payer le médecin. La présence d'une personne mercantile troublerait l'âme de celui qui pratique cette activité humanitaire qu'est la médecine.

Elle déclara encore :

— Chez les artisans, on cherche constamment à exploiter les autres. Chez les médecins, même si le nombre des élèves augmente, on n'essaie pas pour autant d'en tirer profit. Et la femme d'un médecin ne doit pas non plus se laisser aller à flagorner la famille du malade.

Otsugi s'appliquait ainsi à démontrer que ni une fille de paysans, ni une fille d'artisans, ni une fille de commerçants n'étaient aptes à faire une compagne valable pour un médecin, et que seule la fille d'un samurai remplissait toutes les conditions requises.

On eût pu à juste titre s'indigner d'une telle présomption, et si son interlocuteur eût été Naomichi, Sajibê se fût certainement emporté et l'eût chassé sur-le-champ. Mais la beauté d'Otsugi lui en imposait, et l'on sentait dans le timbre de sa voix comme un appel suppliant. Et quand elle reprit la parole, il semblait qu'elle eût deviné ce qu'allait dire Sajibê.

— Si je me permets de vous dire cela, c'est que je suis convaincue que moi-même, qui suis issue d'une famille comprenant aussi bien des paysans et des artisans que des commerçants, je n'étais pas du tout préparée à entrer comme bru dans une famille de médecins. Si, après avoir fait à Osaka les études de médecine les plus avancées, selon les principes occidentaux, mon mari n'a connu qu'une existence médiocre, je ne peux imputer cela qu'à mon inaptitude à remplir le rôle qui m'incombait. Jusqu'à présent, je n'ai cessé de faire des efforts pour me perfectionner, mais les efforts ne suffisent pas toujours, et c'est seulement à mon âge que je m'en rends compte. Umpei, notre fils, est parti pour Kyôto au début du printemps. Il reviendra dans trois ans, sans doute animé de résolutions neuves. Trouver l'épouse qui l'aidera à les mûrir, à les transformer en convictions, et à parfaire son art, tel est désormais mon devoir ; puisque j'ai échoué dans mon rôle d'épouse, il me reste à assumer de mon mieux celui de mère, pour ne pas faillir à mes obligations envers la famille Hanaoka. Il n'y a évidemment aucune commune mesure entre votre famille, qui a l'honneur d'héberger le seigneur, et la nôtre. Vous trouverez certainement notre proposition inattendue et déplacée, mais je vous supplie de demander à Mlle Kaé, de ma part, si elle préfère vivre l'existence sans relief d'une bru qui entre dans une grande famille aux traditions imposantes, ou se donner comme ambition de transformer en château une maison en ruine. J'ai entendu dire qu'elle avait été élevée en jeune fille diligente, dans le respect des sobres traditions de votre famille, et j'en ai acquis la conviction que nulle autre qu'elle ne conviendrait mieux à notre fils Shin.

Sajibê était d'un caractère indulgent, et il n'avait pas pour habitude de se mettre en colère avec les femmes et les enfants. N'aimant pas non plus congédier les demandeurs sans leur donner satisfaction d'une façon ou d'une autre, il l'écouta patiemment jusqu'à la fin, tout en la trouvant quelque peu désinvolte. Il pensait faire ainsi preuve de magnanimité. Il se persuada qu'il ne l'écoutait que par condescendance, comme l'exigeaient ses fonctions de *shôya*, et non sous l'emprise de sa simple présence. Pour conclure l'entretien, il lui dit :

— C'est là une proposition si inattendue que je ne peux vous répondre sans réflexion.

Il la raccompagna même avec un sourire calme, mais il n'avait pas la moindre intention de prendre l'affaire au sérieux, et comptait bien faire transmettre son refus par l'un ou l'autre de ses adjoints.

Lorsqu'il raconta à sa femme, au cours du dîner, la visite d'Otsugi et ce qui l'avait motivée, ce n'était donc pas pour la consulter à ce sujet, mais simplement pour s'en amuser. Il déclara qu'il y avait entre les deux partis autant de points communs qu'entre la cloche d'airain d'un temple et une lanterne de papier, et qu'il pensait que Hanaoka Naomichi avait fini par contaminer sa femme et par la rendre aussi présomptueuse que lui.

— Il paraît que les maladies contagieuses sont les plus graves. La femme de Naomichi est manifestement folle ; mais comment l'est-elle devenue ? dit-il.

Sa femme l'écouta sans faire le moindre commentaire, et Sajibê crut que l'affaire était close.

Mais Kaé en fut avertie le jour même. La domestique qui avait servi à table raconta ce qu'elle avait entendu à Tami, qui rentrait, et celle-ci s'empressa de mettre Kaé au courant. En apprenant une nouvelle aussi inattendue, la plus surprenante peut-être de toute son existence, Kaé pâlit. Elle se demanda avec étonnement depuis quand la fameuse Otsugi s'intéressait à elle, et suffoquait de joie à l'idée que c'était sur elle que la belle dame avait fixé son choix. Mais Tami lui fit tout de suite comprendre que son père ne semblait pas enchanté de la proposition, et son allégresse se mua rapidement en anxiété. Elle ne put fermer l'œil de la nuit.

Le lendemain, Sajibê fut tout surpris d'entendre sa femme lui demander d'un ton sérieux de reconsidérer l'affaire de la veille. D'après elle, les Hanaoka étaient pauvres, bien sûr : Naomichi n'avait qu'un seul élève, et la maison qu'une domestique. Ils vivaient sobrement, à une dizaine dans une petite maison. Jusqu'à l'époque du père de Naomichi, bien qu'ayant vécu dans le pays depuis plusieurs générations, la famille n'avait pas réussi à se faire réellement accepter des villageois, qui, conservateurs par tempérament, continuaient à considérer les Hanaoka comme des étrangers venus de Kawachi. Mais à partir du mariage de celui-ci avec Otsugi, elle avait soudain resserré ses liens avec le voisinage, sans doute grâce à l'influence dont jouissait le père d'Otsugi, Matsumoto Shinjirô. Et ce n'était qu'à la suite de ce mariage que Naomichi avait eu ses entrées chez les Imose comme médecin de famille.

— J'ai souvent entendu parler d'elle comme d'une femme extrêmement intelligente, et on constate que c'est pratiquement grâce à elle que le rang de la maison a été rehaussé. Et d'autre part... (La femme de Sajibê parlait lentement, comme si elle réfléchissait sur chaque mot qu'elle articulait) nous n'avons jamais reçu une proposition de mariage comme celle-ci : aucune famille n'a choisi

Kaé pour une raison aussi sensée. Qu'en pensez-vous ? Là, c'est en elle-même que Kaé est appréciée, si j'ose dire, et de plus, elle voit ainsi ses vœux de jeune fille exaucés. Ne pensez-vous pas ?

Devant l'approbation inattendue de sa femme, Sajibê fut obligé de reconsidérer l'affaire. Kaé avait déjà dépassé l'âge habituel du mariage, et, à vrai dire, cela le préoccupait depuis quelque temps. S'il avait laissé passer plusieurs demandes sans leur donner suite, c'était non seulement parce qu'il n'était nullement pressé d'éloigner de lui sa fille chérie, mais aussi parce que lesdites propositions n'étaient pas très intéressantes, ce qui lui donna à réfléchir. Il se demanda si sa femme, elle aussi, avait remarqué que Kaé était considérée comme la « fille de la résidence du seigneur », et si c'était pour cela qu'elle estimait qu'il était temps de la marier, fût-ce avec le fils des Hanaoka.

C'était stupide de sa part, mais Sajibê ne s'était aperçu que tout récemment de la signification scabreuse du statut de « fille de la résidence du seigneur ». Bien entendu, cela indiquait d'abord qu'elle était née d'une famille honorable, qui avait pour charge d'héberger le seigneur de la province, mais cela impliquait en même temps, à titre de simple supposition, qu'elle faisait partie des agréments offerts à ce dernier pendant son séjour. Ce qui n'avait rien de déshonorant à l'époque. Le seigneur était le personnage le plus important du Kishû, et il appartenait à la famille du *Shôgun* Tokugawa. Être remarquée par le seigneur en le servant à table, et être appelée à partager son lit était plutôt un honneur. Mais ne pas l'être indiquait que l'on n'était pas assez belle pour attirer son attention, et l'on n'avait dès lors aucun mérite à être restée vierge. Imose Sajibê, malgré son rang et sa puissance, n'avait pas le pouvoir d'épargner ce dilemme à sa fille. Ledit honneur n'assurait d'ailleurs nullement l'avenir de celle à qui il échouait, car elle ne devenait pas pour autant l'épouse du seigneur, et ne pouvait pas non plus espérer dissimuler longtemps le fait d'avoir servi de distraction d'une nuit. Dans un cas comme dans l'autre, elle n'avait aucun avantage à escompter de la situation. C'est pour toutes ces raisons qu'à vingt et un ans, elle n'avait pas encore reçu de propositions intéressantes, et était obligée de vivre en quasi recluse au fond de la maison des Imose.

Sajibê ne parvenait pas à prendre une décision. Comme l'avait laissé entendre Otsugi dans son plaidoyer, les médecins formaient une catégorie sociale à l'écart de la hiérarchie qui ordonnait les quatre classes traditionnelles. En tant que membres d'une profession fondée sur la science, qui se donnaient pour but de sauver des vies humaines, ils ne méritaient pas le mépris. Mais d'ordinaire, ne s'adonnaient à la médecine, et cela par simple charité, que les cadets de familles riches, qui continuaient par ailleurs à mener une existence confortable grâce aux redevances que leur versaient les métayers de leurs terres.

Les Hanaoka, eux, malgré les dires de Naomichi qui affirmait descendre des Kusunoki, autrefois illustres à la Cour du Sud, n'étaient, lors de leur installation à Nate, que de simples paysans, qui avaient d'abord exercé la médecine tout en restant cultivateurs, et ne s'y étaient ensuite consacrés à plein temps qu'à partir du père de Naomichi.

Aussi Sajibê décida-t-il, après mûre réflexion, qu'ils ne représentaient pas un parti digne de sa fille. Et, sans pouvoir se défaire entièrement du doute qui l'assaillait, il dit à sa femme :

— Peut-être as-tu raison. Admettons que la mère soit acceptable. Mais sur Naomichi, il y aurait beaucoup à dire. Je n'aime pas ce qu'on raconte de la façon dont il a posé autrefois cette fameuse condition aux Matsumoto. Il a des manières tapageuses. D'ailleurs, je trouve scandaleux qu'il se soit permis de proposer un tel marché à une jeune fille atteinte d'une grave maladie. Si sa femme est venue nous demander la main de notre fille, qui te dit que ce n'était pas encore à l'instigation de son mari ? Si leur plan consiste à s'allier à de grandes maisons, de génération en génération, je refuse de m'y prêter.

Mais sa femme, qui semblait avoir passé la nuit à réfléchir, lui répondit avec fermeté :

— Si c'est ce qui vous préoccupe, demandez-leur donc d'accepter Kaé sans aucune dot. D'après ce que j'ai entendu dire, c'est comme ça qu'Otsugi est venue de sa famille. Elle a peut-être apporté son trousseau, mais pas d'argent, et la preuve, c'est que la vieille maison n'a jamais été refaite.

Le père et la mère échangeaient ainsi des arguments sans céder ni l'un ni l'autre, lorsque Tami entra en s'excusant. Il était fort impertinent de sa part d'intervenir dans une telle affaire, étant donné son statut d'employée, dit-elle, mais elle prenait sur elle de faire savoir aux parents que la demoiselle avait passé une nuit fort agitée, pour une raison qu'elle n'avait pas voulu expliquer, mais qui touchait sans doute à son désir d'aller vivre comme bru chez les Hanaoka.

Les parents s'étonnèrent de ce que leur fille fût déjà au courant de la proposition, mais Tami, imperturbable, répondit que les murs avaient des oreilles, cela d'autant plus que l'on s'attendait à quelque chose de ce genre. Car la demoiselle était en âge de se marier depuis fort longtemps, insista-t-elle.

Mais Sajibê, blêmissant, s'enquit :

— Kaé connaît Umpei ?

Le père perdait immédiatement son calme dès qu'il s'agissait d'un tel sujet, car il considérait comme inadmissible qu'une jeune fille tombât amoureuse d'un garçon. Pour lui, cela dénotait une âme perverse.

Tami assura, en secouant la tête, que Kaé ne l'avait jamais vu, et ajouta :

— Mlle Kaé est depuis longtemps éprise de la dame qui vous a rendu visite hier. Elle souhaite s'entendre appeler bru par une telle dame. Elle a les yeux rougis par les larmes : elle n'a apparemment pas fermé l'œil de toute la nuit.

— Et comment connaît-elle Otsugi ? demanda Sajibê.

— Pas une femme qui ne la connaisse, par ici, Monsieur. Elle est citée comme le modèle de l'épouse parfaite, parce qu'elle ne se plaint jamais du rang modeste de son mari, bien qu'elle-même vienne d'un milieu plus élevé, et qu'elle a introduit sa nouvelle famille, considérée jusque-là comme étrangère, dans la société du Kishû. Mademoiselle regrette que vous n'ayez pas trouvé bon qu'elle soit choisie comme bru par une telle dame, et ce qui la fait pleurer, c'est la crainte que ce mariage ne se fasse pas.

Tami, bien qu'exagérant un peu, traduisait assez fidèlement ce que pensait Kaé. Sajibê en resta perplexe. Il se sentit violemment mis en cause dans ses sentiments paternels, qui le poussaient à ajourner l'éloignement de sa fille chérie. Il était surtout irrité par les signes de tête approbateurs que sa femme adressait à Tami, au lieu de penser à la remettre à sa place. Il commença donc éperdument à chercher des torts à Otsugi.

— En quoi est-elle donc une épouse parfaite ? Où trouve-t-on ailleurs une femme qui prenne l'initiative dans une affaire de mariage ?

— Ils ont dû penser qu'il valait mieux procéder différemment en raison de la disproportion évidente des deux partis. Mme Hanaoka n'a-t-elle pas évoqué ce problème ?

— Mais elle parlait comme si la médecine était de toutes les affaires du monde la seule sérieuse. Nous sommes tous bien portants dans cette maison. Je ne veux pas tenter le sort.

Les malades révèrent le médecin comme un dieu tant qu'ils ont besoin de lui, mais une fois la guérison obtenue, ils l'attribuent à la protection divine, et comptent pour rien l'efficacité des médicaments. Ils oublient complètement qu'un médecin les a soignés. Sajibê trouvait exagéré ce que lui avait expliqué Otsugi, d'autant plus que toute sa famille jouissait d'une bonne santé depuis la mort de son père. Mais sa femme osa répliquer que la médecine intervenait utilement même dans les affaires de l'État, dans certaines situations d'urgence.

Sajibê se sentait de plus en plus gêné de devoir faire face aux deux femmes sur un tel sujet. Car il discernait dans les paroles de sa femme le retour du souvenir lointain des multiples souffrances qu'elle avait dû endurer, du jour où elle était venue comme bru chez les Imose. En effet, pendant une période qui lui avait semblé longue à en étouffer, elle avait vécu une vie de servitude aux ordres de ses beaux-parents, au fin fond de cette vaste et sombre maison encombrée, parce que résidence seigneuriale, de conventions à respecter et de traditions à maintenir, dont certaines remontaient à l'époque où la famille portait encore le nom d'Imube. C'était exactement ce qu'Otsugi décrivait comme « l'existence sans relief d'une bru qui entre dans une grande famille aux traditions imposantes ».

A son arrivée dans une famille illustre, la jeune bru sentait chaque pièce grouiller des mânes des ancêtres, dont la présence invisible la paralysait. La femme de Sajibê, tout en faisant subir à sa bru les mêmes souffrances que celles qu'elle avait connues, voulait assurer à sa fille une vie différente, où elle pourrait au moins respirer librement. Elle ne connaissait pas grand-chose de la vie que menaient les Hanaoka, mais le caractère de Naomichi et l'aspect sans prétention de leur petite maison lui suggéraient un genre de vie fondé sur une certaine largeur d'esprit : il lui semblait qu'au moins, sa fille ne s'y sentirait pas oppressée. C'est pourquoi elle insistait tant auprès de son mari, au risque d'envenimer sa vie conjugale. Une mère qui défend sa fille ne craint personne, pas même son mari.

— Quant à Umpei, le futur mari, j'en ai maintes fois entendu parler : il est l'orgueil du docteur Hanaoka. Son père est sûr de le voir un jour devenir l'un des médecins les plus connus du Japon. Je vous accorde que, le plus souvent, les discours du docteur Hanaoka sont sujets à caution, mais, dans ce cas précis, c'est l'avenir de sa famille qui est en jeu, et si lui-même considère déjà son propre fils comme le pilier de la maison, on peut sans doute lui faire confiance sur ce point.

— Quelqu'un m'a dit que ledit fils était idiot, répondit Sajibê sèchement.

Ses paroles trahissaient l'irritation grandissante qui s'emparait de lui.

— On me l'a dit aussi. Un jour, il aurait ramassé

quelque chose sur la route et attendu toute la journée sans bouger que le voyageur revînt chercher son bien. Il aurait refusé d'aller voir le théâtre ambulant, malgré l'insistance de son entourage. Il aurait passé une journée entière dans la montagne, à cueillir des herbes d'un air absent, sans même penser à ramasser du bois de chauffe.

— Ce ne sont vraiment pas là des comportements très normaux pour un jeune homme. Veux-tu donc donner ta fille à un garçon aussi attardé ?

— Parmi les rumeurs, il y en a qui le discréditent et d'autres qui le louent, en proportion égale. On raconte que le docteur Hanaoka, au lieu d'envoyer son fils à l'école du temple, lui a donné des leçons particulières. C'est pourquoi les villageois ne connaissent sans doute pas la véritable intelligence d'Umpei. Certains disent qu'il est loin d'être idiot, qu'il est même terriblement perspicace, et ils en sont impressionnés.

— De toute manière, c'était un enfant assez bizarre.

— Il n'y a pas de fumée sans feu, dit-on. Les rumeurs peuvent être toutes vraies.

— C'est ça.

— Une combinaison d'imbécillité et d'intelligence n'indique-t-elle pas justement le futur grand homme ? Surtout avec la perspicacité de sa mère ?

Sajibê ne sut que répondre, et sa femme répéta :

— Quand je pense que c'est en vue de l'avenir le plus lointain qu'ils demandent Kaé, je leur en suis reconnaissante.

Sajibê n'avait cependant pas l'intention de se rendre à l'avis des femmes. Il décida tout au contraire de n'accorder à aucun prix la main de sa fille à la famille Hanaoka. Afin de contrer sa femme qui se disait prête à accepter la proposition avec reconnaissance, et de couper ainsi court à la discussion, il lui dit :

— Mais réfléchis donc un peu. Tu ne vois rien d'étrange ?

Ayant enfin trouvé un point ferme dans son argumentation, il regarda sa femme d'un air assuré et continua :

— Le futur époux vient de partir à Kyôto pour ses études. Sa mère parlait de trois ans d'études, mais rien ne prouve qu'il ne faille pas davantage, et même s'il revient bien au bout de trois ans, quel âge aura donc Kaé à ce moment-là ? Vingt-quatre ans !

Les Hanaoka ne pouvaient en aucun cas songer à envoyer la jeune mariée rejoindre leur fils alors même que celui-ci était encore occupé à terminer ses études, et ne disposait pour cela que d'un temps limité. Que signifiait donc la proposition d'Otsugi ? La mère, inquiète de voir sa fille avancer en âge, était soucieuse de la marier avant la fin de l'année. Après une objection de cette taille, Sajibê ne fut plus importuné par sa femme, et put s'en tenir à sa décision initiale. Il voulait mettre un terme à une affaire qui s'était compliquée de façon imprévisible, et s'en débarrasser pour l'oublier au plus vite. Aussi fit-il immédiatement transmettre sa réponse par l'intermédiaire du collecteur d'impôts du village de Hirayama. Ce dernier, appelé, se montra aussi confus que s'il s'était lui-même rendu coupable d'une faute grave, et quitta en hâte la résidence du seigneur.

Mais Otsugi, après avoir écouté calmement l'émissaire des Imose, envoya immédiatement quelqu'un leur porter un message en retour.

« Si les parents voulaient bien y consentir, la demoiselle serait immédiatement reçue comme bru dans notre famille. Ainsi la future mariée aurait-elle tout le temps de se faire à sa nouvelle existence, ce qui lui permettrait d'accueillir son mari en étant déjà membre à part entière de la famille ; cela faciliterait grandement les choses. Mais bien entendu, le mariage serait célébré immédiatement par procuration, afin de pouvoir en rendre la nouvelle publique. »

Sajibê et sa femme durent une fois de plus reconnaître l'intelligence d'Otsugi. Puisqu'elle allait vivre dans une petite maison, la mariée serait accueillie avec le minimum de trousseau, et ne devait s'inquiéter d'aucun préparatif particulier, ajoutait-elle, comme si elle eût été avertie des soupçons que nourrissait Sajibê.

Si le mariage en vint finalement à être célébré, on peut dire que ce fut une victoire à mettre à l'actif de Kaé. Car malgré les précautions et les nouvelles assurances prodiguées par Otsugi, Sajibê s'obstinait dans son refus, et n'avait pas l'intention de céder. Mais il s'aperçut bientôt avec étonnement que sa fille ne mangeait plus, ne dormait plus, et se trouvait dans un état alarmant. Ce n'était pas délibérément, en signe de protestation contre ses parents, que Kaé jeûnait. Simplement, sa gorge ne laissait plus passer les aliments : il ne s'agissait pas d'un refus conscient. Tami, inquiète, lui préparait des potages de riz attentivement mijotés dans des plats de céramique. Mais les cuillerées qu'on lui forçait dans la gorge n'y restaient pas. Allongée sur son lit, elle se sentait étouffer et ne trouvait pas le sommeil.

Elle ne connaissait rien d'autre que les profondeurs de cette vaste et sombre maison, où elle n'avait jamais exercé la moindre volonté propre. Elle y vivait dans une sorte d'assoupissement. Et voilà qu'Otsugi l'invitait à la suivre sur un chemin brillant de lumière. Elle pouvait l'apercevoir, au loin sur cette route, comme un messager venu la conduire vers l'autre monde. A peine tirée de sa léthargie, et heureuse un instant, elle voyait la route aussitôt barrée devant elle, et se retrouvait assise dans l'obscurité de la maison familiale, comme avant. Elle ne savait pas au juste d'où lui venait cette image fulgurante, mais le choc l'avait secouée tout entière. L'instant d'après, on la privait de tout espoir, et elle s'effondrait. Elle n'en voulait pas à ses parents. Elle ne pouvait simplement pas se remettre du choc subi.

L'une des raisons de l'intérêt qu'Otsugi portait à Kaé était justement la santé de fer dont elle jouissait. Aussi ses parents furent-ils désemparés de la voir s'affaiblir aussi brutalement. Ils lui avaient donné l'éducation sévère et confinée qui était de règle pour les femmes dans la société samurai, mais cela avait apparemment eu pour conséquence de l'empêcher d'atteindre à une certaine maturité. Dès la première épreuve de sa vie de femme, elle se retrouvait prisonnière de la beauté d'Otsugi. Son éventuel futur mari, Umpei, n'occupait aucune place dans son esprit.

4

A l'automne de la deuxième année de l'ère Temmei [1], Kaé fut accueillie comme bru chez les Hanaoka. Le mariage fut célébré en grande pompe dans la maison des Imose, mais suivant la coutume de la région, aucun membre de sa famille n'accompagna Kaé jusqu'à la demeure de l'époux. Parée de la coiffure d'ouate et du somptueux costume de mariée, elle fut donc transportée jusqu'à Hirayama dans un palanquin dont les fenêtres coulissantes étaient ouvertes, toujours selon la coutume, et dut entrer seule dans sa nouvelle demeure. Là, Otsugi l'attendait, et elle la conduisit par la main à la salle principale, où elle lui fit prendre place sur un des sièges préparés devant le *tokonoma* [2]. Umpei aurait dû être assis sur l'autre, mais il était à Kyôto depuis six mois. Les noces se déroulaient sans le marié. C'est sans doute ce qui explique pourquoi, dans la biographie de Hanaoka Seishû rédigée ultérieurement, aucune mention n'apparaît de la date de son mariage. Pour rare que fût une cérémonie de ce genre à l'époque, elle n'était en rien condamnable.

1. 1781-1788. Ici, 1782. *(N.d.T.)*
2. *Tokonoma :* renfoncement destiné à recevoir des objets décoratifs. *(N.d.T.)*

C'était avant tout comme bru que la femme entrait dans la famille de son mari, et à condition que celui-ci vînt bien la rejoindre quelque temps plus tard, sa situation dans l'intervalle n'avait rien d'incertain ni d'ambigu. Et cela d'autant moins dans le cas de Kaé qu'elle avait été instamment demandée par sa belle-mère.

La place du mari était occupée par un ouvrage intitulé *Honzô Kômoku*[1]. Il avait été copié à la main, disait-on, par Hanaoka Unzen Naomasa, grand-père d'Umpei, lorsqu'il étudiait auprès de son maître. Or, c'était à partir d'Unzen que la famille Hanaoka avait commencé à exercer uniquement la médecine. Cela donnait donc déjà un sens à ce livre. Mais il y en avait un autre : il s'agissait d'une copie de l'*Encyclopédie des plantes médicinales* écrite sous les Ming par Ri Ji Chin[2] et vénérée comme les saintes Écritures par ceux qui s'initiaient à la médecine chinoise. La couverture de papier vieilli, avec son titre à l'encre de Chine pâlie par le temps, et ses bords usés et déchirés, portait les marques évidentes de l'acharnement qu'Unzen, le grand-père, Naomichi, le père, et Umpei, le fils, avaient mis à tourner et retourner chaque page pour y apprendre l'herboristerie. Du livre semblait émaner une volonté propre, qui signifiait sans ambiguïté à la mariée assise à côté de lui qu'elle épousait un médecin.

Kaé se sentait nerveuse. Ce livre vétuste, silencieux comme un animal centenaire, comblait mal le vide inquiétant du siège voisin. Elle avait l'impression d'avoir été brusquement arrachée à ce qui lui restait de l'animation joyeuse de la maison qu'elle

1. *Honzô Kômoku : Encyclopédie des plantes médicinales. (N.d.T.)*
2. *Ri Ji Chin :* prononciation japonaise de Li Shi Zhen. *(N.d.T.)*

venait de quitter, et d'être projetée dans un abîme de solitude effrayant. En apparence, elle restait complètement figée, mais sentait tout son corps frémir sous l'effet de petites secousses venues du plus profond d'elle-même.

Naomichi et Otsugi avaient pris place en face d'elle, et à leurs côtés les frères et sœurs d'Umpei. Il y avait cependant deux absents : un frère cadet envoyé comme apprenti chez un commerçant apparenté aux Matsumoto, et un autre qui venait de se faire bonze. La soie floche empesée de son voile de mariée, étirée et amincie comme une feuille de papier, et qui lui descendait devant les yeux, lui permettait à peine de distinguer la silhouette des membres de sa nouvelle famille. En fait, outre les parents, assistaient à la cérémonie Okatsu, du même âge que Kaé, Koriku, la cadette, deux autres sœurs, et le petit Ryôhei, âgé de trois ans, qui se tenait sagement assis sur les genoux d'Okatsu. Mais Kaé manquait du calme nécessaire pour observer tout cela.

Ryôan, élève de Naomichi, prit un flacon et fit le tour de la salle pour verser du saké froid dans les coupes posées devant chacun des assistants. Otsugi se mit debout sans un mot et vint relever à demi le voile de Kaé. Celle-ci vit, dans une coupe de laque vermillon pâlie par l'âge, la surface bombée d'un saké épais, et pensa que c'était à partir de ce moment précis qu'elle entamait une nouvelle vie. Serait-elle vraiment admise parmi ces gens dès l'instant où elle aurait avalé ce saké ? Si oui, il lui fallait le boire en faisant un vœu de toutes ses forces.

Elle leva doucement un regard inquiet, qui rencontra celui qu'Otsugi posait sur elle au même moment, par-dessus le bord de la coupe qu'elle avait approchée de son visage incliné. Ses beaux yeux souriaient avec cette expression que l'on réserve exclusivement aux êtres les plus chers. Kaé eut un moment de confusion. Mais les yeux d'Otsugi ne la quittaient pas, et semblaient lui dire qu'elle remplirait bien son rôle, qu'elle était attendue, et qu'elle pouvait boire cette coupe en toute sérénité. Kaé sentit ses yeux s'embuer, et dans ses efforts pour le dissimuler, porta hâtivement la coupe à ses lèvres.

C'était la première fois qu'elle buvait du saké, à part le *toso* [1] du nouvel an. D'abord froid au bout de la langue, il lui laissa une sensation de chaleur dans la gorge. Elle soupira, et devint cramoisie lorsqu'elle s'en rendit compte : il lui semblait inconvenant de respirer bruyamment dans une maison où elle n'était pas encore intégrée.

Les Hanaoka menaient une vie encore plus sobre qu'on ne l'avait imaginé. Même en ce jour, seuls les deux flacons de saké ajoutés à la table de Naomichi marquaient la solennité de l'occasion, et le repas se limitait à deux plats. Aucune comparaison avec ce qu'elle venait de quitter : chez les Imose, dans la salle principale, les quarante tables basses individuelles et leurs tablettes respectives étaient chacune chargées d'une demi-douzaine de plats. Ici, il n'y avait même pas de poisson entier, et seul le riz glutineux cuit avec des haricots rouges indiquait qu'il s'agissait d'une fête. Otsugi et Okatsu n'allèrent qu'une fois chacune à la cuisine, et le repas de noces par procuration s'acheva.

1. *Toso :* saké dans lequel on laisse macérer une nuit des herbes médicinales ou aromatiques, et que l'on boit le jour du nouvel an. Autrefois, chaque famille avait sa formule propre, mais depuis un siècle environ, on se procure chez le pharmacien un sachet tout prêt, qui contient, entre autres, du *sansho* ou clavarier *(Xanthoxylum piperitum)*, du *saishin (Asarum Sieboldi)* du *nikkei (Cinnamomum Loureirii)*, etc. *(N.d.T.)*

Malgré tout, Kaé trouva émouvant ce premier jour de sa nouvelle vie. Silencieuse, elle écoutait Naomichi, qui, ivre après deux flacons de saké, retraçait la généalogie de la famille, qu'il faisait remonter à l'époque de l'empereur Bidatsu [1] : elle opposait mentalement la vanité du banquet des Imose à la simplicité riche de sens des traditions de cette famille. Mais elle ne se rendait pas compte qu'elle cherchait par là à établir entre la maison qu'elle venait de quitter et celle dans laquelle elle entrait une comparaison favorable à cette dernière, où il lui fallait désormais trouver toute sa raison de vivre.

Comme Naomichi, développant par le menu sa généalogie, en arrivait à l'histoire de Wada Masayuki, oncle éloigné du fameux Kusunoki Masashige, et qui avait adopté comme patronyme le nom de l'endroit dans lequel il était venu s'installer, Okatsu et Koriku commencèrent à remporter les tables dans la cuisine. Okatsu avait le même âge que Kaé, et Koriku environ deux ans de moins. Trouvant inconvenant de laisser travailler ses belles-sœurs sans bouger, Kaé se leva spontanément, quand Otsugi la retint d'un geste et lui dit :

— Que la mariée reste aux côtés du marié. Continuez à écouter votre beau-père. Il y a encore six générations avant d'arriver à celle de Naomichi, et l'histoire se complique. Nous autres, nous sommes habituées à l'entendre, mais pour vous, c'est la première fois. Cela dit, ne vous croyez pas obligée de l'apprendre par cœur du premier coup. Vous ne manquerez pas désormais d'occasions de la réentendre.

Sur ce conseil, Otsugi fit rasseoir sa bru avec un

1. 572-583.

sourire. Apparemment, c'était le morceau de bravoure de Naomichi, car Okatsu et Koriku souriaient avec leur mère, et lorsque celle-ci dit à Kaé qu'elle aurait désormais tout loisir de l'entendre, elles réprimèrent à grand-peine leur rire, et, tête baissée, quittèrent la salle à pas pressés en portant les tablettes. Cela eut le don de détendre Kaé, qui se sentait émue de la sollicitude affectueuse avec laquelle Otsugi tirait sa bru d'une situation embarrassante.

Naomichi avait un front largement dégarni. Ses cheveux, longs et tirés en arrière, prenaient naissance très haut sur son crâne. Ils étaient striés de nombreux fils blancs, comme du sésame noir mêlé de sel. Son chignon, légèrement asymétrique, témoignait de son peu de souci des apparences. Il n'avait de rides qu'autour des yeux. Des pommettes, saillantes, à la mâchoire, il avait la peau d'un rouge éclatant. Dans l'ensemble, il était plutôt laid. Son grand corps osseux était vêtu d'un kimono de coton rayé, par-dessus lequel il avait enfilé un *haori* [1] frappé de la feuille de paulownia. Et non seulement cet emblème faisait presque dix fois la taille normale, mais de plus il était d'un blanc uniforme, sans les nervures habituelles du dessin. Kaé trouvait cela d'autant plus bizarre, voire ridicule, que Naomichi était déjà d'une carrure impressionnante. Sa mise contrastait étrangement avec la tenue irréprochable d'Otsugi, qui portait un kimono de bon goût.

Malgré sa tendance à l'exagération, Naomichi était un conteur remarquable : Kaé fut bientôt tout oreilles. Elle l'avait d'abord écouté par devoir, se

1. Veste trois-quarts que l'on porte par-dessus le kimono, à l'intérieur comme à l'extérieur. *(N.d.T.)*

sentant tenue de connaître l'origine de la famille dont elle faisait désormais partie, mais au fur et à mesure qu'avançait le récit, elle découvrait que l'histoire d'une famille de médecins était faite de l'accumulation incessante d'efforts obstinés. Naomichi trouvait dans le peu de saké qu'il avait bu un surcroît d'aisance verbale. C'était surtout de ses propres paroles qu'il s'enivrait.

— L'impératif majeur, pour le médecin, c'est de sauver les vies humaines. Même lorsque quelqu'un meurt de sa belle mort, le médecin, et c'est bien naturel, se demande quand même s'il n'y aurait pas eu moyen de lui sauver la vie. Bien sûr, il n'en laisse rien paraître, car cela ferait mauvaise impression sur la clientèle. Mais ce sentiment de dépit, ces regrets impuissants d'avoir dû laisser mourir nos malades se sont accumulés et transmis d'une génération à l'autre, depuis Den'emon Naochika, celui qui exerçait la médecine tout en étant encore agriculteur, jusqu'à Umpei, qui sera le troisième médecin à part entière, et c'est là une sorte de longue mémoire, un peu comme un terreau qui aurait noirci au fil des années. On se moque de moi parce que je fais l'éloge de mon fils. Je n'ai pourtant pas dit qu'il était le seul à avoir du génie. Si je mets en lui tant d'espoirs, c'est parce que je suis sûr de voir très bientôt tous les efforts des Hanaoka successifs porter enfin leurs fruits. A l'origine de cette conviction, il y a, comme je viens de le dire, le fait qu'aucun des Hanaoka n'a jamais pratiqué la médecine par vile ambition. Il n'a pas suffi à ces descendants de samurai de renoncer à leur sabre pour une houe. Au lieu de protéger les faibles avec un sabre, ils ont préféré sauver des vies humaines avec une cuillère. Cette volonté première de notre aïeul a été respectée jusqu'à ce jour. Pourquoi ne devrait-elle pas trouver en Umpei un aboutissement éclatant ? Si j'ai envoyé mon troisième fils au mont Kôya, c'est afin qu'il prie pour le repos des âmes de tous ceux qui sont morts par faute de l'inexpérience ou de la malchance de nos ancêtres. On dit que pour faire un homme de valeur, il faut cent années d'efforts mises bout à bout. Voilà plus d'un siècle que nous nous acharnons en tant que médecins. S'il doit y avoir un résultat, c'est sûrement Umpei qui en sera la manifestation.

Kaé s'aperçut que ses belles-sœurs étaient revenues après avoir fini la vaisselle, et écoutaient attentivement. Toutes ces femmes, d'Otsugi aux benjamines, accueillaient ce discours cent fois répété avec sérieux et acquiescement. A le constater, Kaé comprit que la conviction de Naomichi était en fait celle de tous les Hanaoka. Malgré ce qu'elle savait de la dérision que provoquaient chez les villageois les affirmations de Naomichi, Kaé ne pouvait s'empêcher, en l'écoutant parler ainsi dans le cercle de famille, d'être saisie d'émotion à l'idée qu'elle était l'épouse d'Umpei, le personnage auréolé de gloire dans cette histoire. Quel honneur Otsugi lui avait-elle fait là !

Naomichi se montra prolixe jusqu'à tard dans la nuit.

— J'avais déjà cette conviction bien avant la naissance d'Umpei. J'avais décidé de trouver une femme aussi belle qu'intelligente, comme mère de mon fils héritier. Quand j'ai fixé mon choix sur Otsugi, j'étais donc désespérément sérieux.

Kaé observa à la dérobée le visage d'Otsugi. Celle-ci fixait son mari d'un regard grave, sans l'ombre d'un sourire. Elle avait l'expression d'une dévote écoutant le sermon d'un bonze renommé. Impressionnée par la solennité ambiante, Kaé se demanda si Otsugi s'était fait les mêmes réflexions en la choisissant pour bru. Et ce fut à ce moment-là qu'elle sentit sourdre du fond de son corps une émotion profonde, comme elle n'en avait jamais éprouvé auparavant. Pourtant, ce n'était pas simplement un plaisir, mais bien plutôt une angoisse devant l'importance du rôle que cette généalogie lui assignait, et qu'il lui faudrait assumer.

— C'est il y a exactement vingt-trois ans qu'est né Umpei.

Naomichi commençait toujours par une formule de ce genre un récit qu'il avait répété des centaines de fois. Kaé elle-même l'avait déjà entendu à plusieurs reprises dans la chambre de son grand-père, mais elle en découvrit de nouveaux aspects dans la version réservée aux membres de la famille : Naomichi s'était en effet abstenu de raconter chez autrui comment les choses s'étaient passées pour sa femme à la naissance de son fils aîné.

— Otsugi respirait péniblement, les épaules soulevées. Il m'était insupportable de la voir souffrir. Ce matin-là, il faisait très beau, et je me suis demandé en regardant le jardin si j'allais ou non faire sécher les plantes médicinales comme d'habitude. Depuis l'été, Otsugi approchait du terme de sa grossesse, et n'arrachait plus les mauvaises herbes. Le champ de plantes était donc envahi d'herbes impropres aussi bien à guérir qu'à empoisonner. C'était comme si l'été était resté suspendu à cet endroit, et le soleil inondait la verdure. Il n'y avait pas le moindre flocon de nuage dans le ciel, je m'en souviens très bien. Mais j'avais un pressentiment : je me disais que l'héritier des Hanaoka ne pouvait naître qu'un jour aussi splendide. Tout en pensant à cela, je me suis mis, par précaution, à rentrer les plantes que j'avais machinalement commencé à étaler dehors avec la bonne. C'est à ce moment-là qu'Otsugi commença à souffrir vraiment, à avoir le front en sueur, et à gémir. Pendant que je me hâtais de faire bouillir l'eau et d'envoyer chercher une sage-femme, l'intérieur de la maison devint tout à coup sombre comme la nuit. L'azur splendide du ciel d'automne s'était couvert d'épais nuages, et de grosses gouttes de pluie commençaient à battre le sol. Des éclairs déchiraient le noir du ciel, la foudre faisait trembler la terre en tombant sur le mont Katsuragi. J'entourai Otsugi de mes bras et l'exhortai à être courageuse. La sage-femme avait refusé de quitter sa moustiquaire et de sortir de chez elle, par crainte d'être frappée par la foudre. C'est moi-même qui ai accouché Otsugi d'Umpei, dans ce grondement de tonnerre. Je me rappelle nettement : Umpei, en se débattant vivement dans mes bras, a poussé un cri puissant, son premier cri.

Absorbé dans son récit, Naomichi fit le geste de bercer un bébé dans ses bras, et resta silencieux pendant un moment, revivant sans doute l'émotion qui l'avait étreint à cet instant mémorable.

— Otsugi a accouché de six autres enfants par la suite, mais c'est seulement pour Umpei que je l'ai accouchée moi-même. Son cri était si fort que j'ai tout de suite pensé qu'il s'agissait bien d'un garçon, et c'est alors que je me suis aperçu que le grondement de tonnerre s'était tu, et qu'il faisait de nouveau un temps magnifique, comme par enchantement. Je me suis dit que j'avais eu raison. C'était bien le garçon que les Hanaoka attendaient depuis longtemps. Si je l'ai appelé Shin, c'est en souvenir du temps qu'il faisait ce jour-là. Je l'ai baigné, et j'ai laissé la sage-femme, qui était enfin arrivée, s'occuper du reste. Je suis sorti dans le jardin. Les derniers nuages coulaient dans le ciel bleu, paisiblement, comme si rien ne s'était passé. Son nom courant d'Umpei, je l'ai trouvé à ce moment-là. N'est-ce pas un beau nom ?

A force de répétition, son récit s'était enjolivé ; mais pour Kaé, qui l'écoutait encore à une heure avancée de la nuit, assise sur son siège de mariée, il était si imagé qu'il lui semblait voir Otsugi dormir d'un sommeil paisible après son douloureux travail. Comme elle avait dû être heureuse de donner naissance à l'enfant que son mari avait attendu avec tant d'impatience, et de voir celui-ci l'accueillir avec une joie aussi délirante ! Elle ne se lassait sans doute jamais d'entendre raconter comment elle avait mis cet enfant au monde.

— Bien, sur le glorieux épisode de la naissance du marié, levons-nous et allons nous reposer.

Ainsi Otsugi mit-elle fin avec adresse au verbiage de son mari pour ce soir-là.

Dans la chambre des jeunes filles, Kaé, avec l'aide d'Okatsu, se débarrassa de sa parure de mariée. Puis les deux sœurs lui apportèrent un seau d'eau chaude. Elles ressemblaient aussi peu que possible à leur mère, et avaient toutes deux le corps osseux de leur père. Mais elles se montraient particulièrement avares de paroles. Et comme Kaé n'était elle-même pas très encline aux bavardages de convention, elle ne savait trop comment les remercier de leur gentillesse. Elle était accoutumée aux soins de sa nourrice, et se sentait confuse et mal à l'aise de laisser ses belles-sœurs lui rendre service. Mais dans cette maison dont elle connaissait mal l'agencement, elle était incapable de rien faire sans aide.

Tout en repliant son costume de mariée, elle pensait à sa mère ; il ne s'était sans doute rien produit de spécial lors de sa naissance à elle, puisque, à la réflexion, on ne lui en avait jamais parlé. Mais c'était néanmoins avec nostalgie qu'elle pensait à elle. Malgré la hâte des préparatifs de ce mariage, sa mère avait déployé tous ses efforts pour que son costume fût le plus beau possible. Au banquet d'adieu chez les Imose, tous les intimes lui en avaient fait l'éloge. Personne ici n'avait fait de même. Si sa mère venait à l'apprendre, comme elle en serait attristée ! Mais Kaé n'était pas mécontente. Elle avait maintenant ce qu'elle avait désiré à en perdre le boire et le manger. Tandis qu'elle pliait le kimono aux manches très longues, elle se sentait bien détachée de sa maison natale...

Tout à coup, on entendit le petit Ryôhei brailler dans la pièce voisine. Il s'était endormi depuis longtemps, mais semblait s'être réveillé au bruit du va-et-vient de ses sœurs.

— Fais-moi voir la mariée ! Fais-moi voir la mariée !

L'image de Kaé en toilette de mariée s'était sans doute gravée dans sa mémoire avant qu'il ne s'endormît. Il hurlait, sans écouter les apaisements que lui prodiguaient ses sœurs.

— Bon, bon, si la mariée le permet, tu viendras dormir avec moi comme d'habitude, lui dit Otsugi, qui entra sur ces mots en le tenant par la main. Voici l'épouse de ton frère aîné. C'est donc ta sœur aînée.

Ryôhei, incrédule, regarda fixement Kaé, qui était déjà en chemise de nuit. Il avait le beau visage de sa mère, pas celui de ses sœurs. Elle se demanda comment faire comprendre à l'enfant, qui restait tout confus dans la lumière vacillante de la lampe à huile, qu'elle était bien la mariée des heures précédentes. Mais c'était tout simple. Elle déplia sans regret devant lui le kimono de mariée qu'elle venait de plier soigneusement.

— Oh ! c'est beau ! Hein que c'est beau, maman !

Le visage de l'enfant s'éclaira d'une admiration ingénue. Otsugi répondit que c'était vrai. Kaé se dit alors que son costume avait eu, lui aussi, sa part de satisfaction.

Cette nuit-là, elle dormit dans la même chambre qu'Otsugi. Ryôhei se rendormit immédiatement, les mains perdues dans l'échancrure du kimono de nuit de sa mère, comme s'il s'agrippait à elle. Caressant du bout des doigts l'oreiller-boîte qui lui soutenait la nuque, Kaé se demandait auquel de ses deux parents son mari ressemblait le plus. Loin cependant de se sentir frustrée d'être une épouse vierge, et de dormir aux côtés de sa belle-mère, elle se laissa peu à peu glisser dans un sommeil peuplé de rêves heureux et paisibles.

5

L'arrivée de Kaé ne modifia en rien l'existence des Hanaoka, et il en alla ainsi encore quelque temps. La petite servante s'occupait du nettoyage et de la garde des enfants, et c'étaient Okatsu et Koriku qui, sous la direction de leur mère, se chargeaient de la cuisine, de la lessive, et des divers travaux du ménage. Quant à ce qui touchait à la médecine, c'était sous la seule responsabilité de l'élève de Naomichi, Shimomura Ryôan, et, de toute façon, l'accès de la commode dans laquelle on rangeait les médicaments était interdit aux femmes et aux enfants. L'entretien de la petite maison et la préparation des repas, simples, n'exigeaient d'ailleurs pas beaucoup de temps. Les jeunes filles de la maison expédiaient donc ces tâches dès leur réveil, puis se mettaient aux métiers à tisser installés sur une véranda orientée vers le nord. Elles produisaient cette cotonnade, tissée à la main, qu'on appelait *uchiori* dans cette région. Elles achetaient les fils déjà teints, sans doute chez les Matsumoto, et dans un coin de leur chambre, il y avait même un rouet. Elles saisissaient le peigne d'une main experte, et passaient, en dehors des heures de repas, tout leur temps à leur métier, qu'elles faisaient claquer avec une régularité agréable à l'oreille sans s'interrompre un instant.

Au début, Kaé pensa que les deux jeunes filles préparaient leur trousseau en prévision de leur mariage. Elle avait en effet entendu dire par Tami que les filles de paysans tissaient elles-mêmes les vêtements qu'elles porteraient une fois mariées, et qu'elles faisaient vendre le surplus pour se constituer une dot. Mais alors, n'auraient-elles pas dû prévoir quelques kimonos de soie ? Inquiète pour elles, Kaé réservait déjà mentalement certains de ses propres kimonos à chacune de ses belles-sœurs.

Mais elle s'aperçut bientôt que ces dernières ne s'adonnaient pas à ce travail pour leur propre compte.

Des marchands ambulants venaient à Hirayama, collectaient de maison en maison les produits du tissage, et, les épaules chargées de ces rouleaux, passaient par le mont Katsuragi pour les vendre à Sakai. Au retour, ils s'arrêtaient chez les mêmes villageois, et leur payaient leur travail, soit en espèces, soit en rapportant de la ville divers articles demandés en échange. Or, les jeunes Hanaoka, elles, ne profitaient guère de ces occasions pour se procurer les colifichets qu'aiment les jeunes filles. Les marchands ne leur remettaient que de l'argent, et lorsque la somme s'arrondissait, Otsugi se rendait à l'auberge des commerçants, et la confiait, afin de la faire parvenir à Umpei pour ses études, à un marchand d'indigo qui partait de chez les Matsumoto pour se rendre à Kyôto, ou à un marchand d'obi [1] qui rentrait du Kishû à Kyôto.

1. *Obi :* ceinture d'une longueur de quatre mètres environ, faite de brocart rigide, de soie, ou de coton, que l'on portait, selon le rang social et l'activité, soit en hauteur simple (de 15 à 20 centimètres), soit en hauteur double, et que l'on enroulait deux fois autour de la taille avant de le nouer de diverses façons, indicatives elles aussi du statut social. *(N.d.T.)*

Lorsqu'elle comprit leur dessein, Kaé ne put s'empêcher de dire à Otsugi :

— Moi aussi je voudrais tisser. Laissez-moi acheter un métier et apprenez-moi comment faire.

Otsugi acquiesça avec un sourire voilé, et lui apprit soigneusement comment manier la navette et faire fonctionner le métier.

— N'essayez pas d'aller vite, les fils s'enchevêtreront, dit-elle.

Quoiqu'elle n'eût jamais touché à un métier auparavant, elle n'éprouva aucune difficulté particulière à tisser des rayures, une fois qu'elle eut appris l'ordre des mouvements à effectuer. Elle se mêla donc à ses belles-sœurs, faisant travailler son métier avec le même bruit rythmé, et prit plaisir à voir sa pièce s'allonger tous les jours de quinze centimètres. Observant ainsi de plus près les deux sœurs au travail, elle comprit qu'Okatsu, malgré son visage endormi, avait hérité de l'intelligence de sa mère, et que Koriku, elle, était d'une docilité infinie, et se contentait de suivre les instructions de son aînée. De plus, Okatsu lui manifestait une grande gentillesse au cours de leur labeur commun ; Kaé, qui n'avait jamais eu de sœur, en fut touchée, et redoubla d'application dans son travail. Elle n'était pas maladroite : elle avait trouvé passionnante la broderie sur gaze de soie. Une fois habituée au métier, elle se plut à inventer des combinaisons de couleurs pour les rayures, en disposant de diverses façons les fils du cahier d'échantillons. A cela sans doute se trahissait l'insouciance de son existence antérieure. Okatsu, elle, ne tissait que des cotonnades en deux tons d'indigo, et Koriku des cotonnades unies. Elles complimentaient Kaé pour chacune de ses trouvailles, mais sans vouloir jamais l'imiter. Leurs éloges l'enchantaient et l'encourageaient. Et si les marchands rapportaient que ses rayures avaient eu du succès à Sakai, elle avait du mal à dissimuler sa joie.

Otsugi renchérissait sur les félicitations des marchands :

— Elle ne vient pas d'un milieu pauvre, et elle travaille admirablement. Umpei sera content de trouver une épouse aussi parfaite. Il doit sans doute s'efforcer de terminer ses études au plus vite, pour pouvoir revenir.

A entendre Otsugi tenir de tels propos, Kaé aurait bien sacrifié son sommeil pour continuer à tisser même de nuit. Elle s'était sentie seule et perdue au début de sa vie chez eux, mais maintenant elle se serait presque crue l'héroïne de la maison. Sa plus grande joie, c'était de voir avec quelle fierté Otsugi faisait à tous ceux qui leur rendaient visite l'éloge de ses qualités de travailleuse.

— Regardez un peu ces rayures ! C'est l'œuvre de Kaé. Ne sont-elles pas d'un goût exquis ? Elles sont fascinantes.

Son expérience de la broderie, et la possibilité qu'elle avait eue de porter dès l'enfance des kimonos multicolores avaient développé chez elle cette audace dans le mariage des couleurs.

Les marchands répondaient aimablement à Otsugi, mais ils étaient du métier, et ledit chef-d'œuvre ne les laissait tout de même pas pantois d'admiration. Ce n'était que du coton. Kaé en était consciente. Cela ne l'empêchait pas d'être flattée de l'enthousiasme que manifestait Otsugi.

Kaé adorait Otsugi : visiblement celle-ci le lui rendait bien, et lui accordait sa confiance. Ainsi donc, tout ce qu'elle faisait plaisait à sa belle-mère, se dit-elle. Pour répondre à cette confiance; elle mettait toujours plus d'ardeur à tisser.

Et si, parmi les couleurs disponibles, elle choisissait des nuances de plus en plus éclatantes, c'était peut-être sous l'influence des rêveries amoureuses dont elle s'enflammait, et qui avaient Umpei pour objet. Mais elle n'en était pas consciente. Pourtant, chaque fois qu'il était question de lui dans la conversation familiale, elle tendait l'oreille, avide du moindre détail le concernant. Puis assise à son métier, elle ruminait longuement les bribes d'information qu'elle avait obtenues. Ainsi, à son insu, grandissait en elle un amour pour un homme qu'elle n'avait jamais vu. Et cette tendance au rêve éveillé, fréquente chez les jeunes filles, s'exprimait entre autres dans la passion qu'elle mettait à harmoniser les couleurs de cotonnades qui n'étaient pourtant destinées qu'aux besoins courants.

Pas une fois Umpei n'écrivit à sa femme. D'ailleurs, il ne remerciait jamais non plus ses parents pour leurs envois d'argent. Naomichi lui-même ne recevait guère de lettres de son fils, et il disait avec une indifférence joviale : « Pas de nouvelles, bonnes nouvelles ! Quand on se bourre de connaissances, on n'a pas le temps de songer au pays ! » Mais il dissimulait mal qu'en fait, son fils lui manquait. Il savait d'expérience, pour avoir étudié à Osaka, que la vie citadine, même pour un étudiant, exigeait des dépenses dont on n'avait pas idée à la campagne. Aussi, chaque fois qu'un de ses patients s'acquittait de sa dette, remettait-il l'argent à Otsugi en lui disant : « Tu enverras ça à Umpei. »

Quand il eut atteint la soixantaine, ses jambes s'affaiblirent : il ne fut plus en mesure de sortir aussi souvent qu'auparavant. Il avait beau continuer à tenir le même discours plein d'entrain, il résistait de moins en moins bien aux troubles de la vieillesse qui l'assaillaient, et devait se décharger sur son assistant Ryôan de toutes les visites à domicile.

Malgré son âge, il restait connu comme spécialiste du traitement des tumeurs selon les méthodes occidentales, et les patients venaient toujours aussi nombreux à sa consultation. Cependant, médecin de campagne avant tout, il traitait également rhumes et fractures, sans distinction. Sa réputation de chirurgien n'était plus à faire : confiants dans son habileté, les gens lui amenaient souvent les accidentés : c'étaient eux qu'on entendait gémir, pleurer ou hurler de douleur sous le bistouri, ou se plaindre de la brûlure provoquée par le badigeonnage de leurs plaies à l'alcool.

Au début de son installation chez les Hanaoka, Kaé faisait des cauchemars, sous l'influence des cris entendus pendant la journée. Au bout d'un an, elle finit par s'y accoutumer. Mais elle ne parvint jamais à empêcher ses mains de se figer sur le métier chaque fois qu'un hurlement de douleur s'échappait de la salle de soins. Elle croyait alors voir jaillir du sang là où avait sauté une verrue à la pointe du bistouri, ou remonter un pus verdâtre là où l'on venait d'arracher un pansement. A l'entrée de la maison, elle voyait, attendant leur tour, tantôt un enfant au corps couvert de croûtes de sang, tantôt une femme à la peau affreusement tirée par une dermite due à l'usage prolongé d'un quelconque onguent. Dans cette maison de médecins, elle était quotidiennement confrontée à une réalité sordide. La présence d'Otsugi et de ces malades défigurées lui remettaient chaque fois en mémoire la légende de la guérison inespérée d'Otsugi opérée par

Naomichi. Mais Kaé ne pouvait se défendre de l'impression que la beauté innée d'Otsugi aurait suffi à triompher de toute laideur, et que la compétence de Naomichi n'y était pour rien.

Il n'y avait qu'à observer ce qui se passait dans la maison. Par exemple, on économisait à l'extrême sur toutes les dépenses du foyer. On abandonna les préparatifs du mariage d'Okatsu, et on supprima le flacon de saké qui accompagnait le dîner de Naomichi. Parfois, on manquait même de médicaments, ou bien on se passait de riz pendant des jours, et on le remplaçait par un potage de patates douces. Si une telle pauvreté n'assombrissait pas la maison, c'était d'abord dû à l'espoir que tous reportaient sur la personne d'Umpei. Mais aussi au fait qu'Otsugi, par sa beauté juvénile, égayait et encourageait grandement les autres membres de la famille. En effet, si tous, Kaé comprise désormais, ne songeaient qu'à se dévouer à Umpei, c'était en raison de l'admiration qu'ils éprouvaient à voir la façon dont Otsugi savait s'organiser. Dans ce dénuement extrême, le sacrifice que chacun faisait pour les études d'Umpei de tout ce qui pouvait être épargné devenait une obsession désespérée, au point que Kaé elle-même finissait, faute de temps, par se laisser aller, et s'asseyait bien souvent à son métier les cheveux mal peignés. Otsugi, elle, ne se montrait jamais dans un tel état. Jamais ses vêtements n'étaient négligés. A son réveil, Kaé la trouvait déjà correctement coiffée et impeccablement habillée.

Dès le début, Kaé avait décidé de découvrir le secret de cette apparence irréprochable. Mais elle comprit vite qu'il consistait simplement à replier soigneusement ses vêtements, à les placer sous son matelas avant de dormir, et à se lever avant l'aube pour disposer d'assez de temps pour finir sa toilette avant de rencontrer qui que ce fût. Et, pour se savonner, Otsugi renouvelait sans faute à chaque fois son sachet de son de riz. Il n'y avait rien là de bien magique. Ce n'était pas même une discipline particulière à Otsugi : on avait enseigné la même à Kaé. Toute la différence tenait à ce qu'Otsugi, elle, la mettait rigoureusement et régulièrement en pratique. De même, le moindre de ses gestes était étudié, et avait la beauté d'un mouvement de danse. Kaé, quant à elle, trouva impossible de maintenir ne fût-ce qu'une journée une attention aussi soutenue. Ainsi, se disait-elle, rester belle suppose tant de concentration et de persévérance dans les moindres des actes quotidiens ! Cela la confirmait dans son impression qu'elle ne parviendrait jamais à égaler Otsugi. Okatsu et Koriku partageaient probablement son sentiment : elles ne semblaient guère soucieuses de se parer comme des jeunes filles en âge de se marier. Sans doute désespéraient-elles, quels que fussent leurs efforts dans cette voie, de ressembler jamais à leur mère. Elles récupéraient les sachets de son de riz que celle-ci abandonnait après un unique usage, et les faisaient sécher sous l'auvent afin de les réutiliser plusieurs fois. Kaé aussi trouvait fastidieux d'en confectionner elle-même, et prit bientôt la même habitude. Le son de riz était parfois mêlé soit à du sucre brun, soit à de la fiente de rossignol, soit à quelque autre substance analogue, qui dégageait une odeur insolite. Kaé avait noté que sa belle-mère accordait aux soins de sa peau une attention peu commune. Elle ne croyait pas vraiment qu'il lui suffisait d'utiliser les mêmes objets qu'elle pour acquérir la même beauté, mais, lorsqu'en prenant son bain elle se rappelait que le sachet avec lequel elle se frictionnait vigoureusement avait servi à Otsugi, il lui semblait, l'espace d'un instant, voir sa peau devenir plus blanche et plus souple. Au sortir du bain, elle égouttait le précieux sachet de soie vermillon, et, comme le faisaient ses belles-sœurs, le suspendait sous l'auvent.

C'était pour elle une source inépuisable d'étonnement que de voir avec quelle vivacité Otsugi prenait soin d'elle-même : pour balayer une pièce, elle se couvrait les cheveux d'un linge, maintenait les manches de son kimono contre son buste à l'aide d'un cordon passé sous les aisselles, et relevait l'ourlet de sa robe pour le passer dans sa ceinture. Tout cela presque en même temps qu'elle saisissait le balai. Quand, en été, il fallait arroser le jardin, elle restait indemne de la moindre éclaboussure, alors que Kaé finissait inévitablement par asperger ses vêtements.

Si l'idée lui venait d'aller arracher les mauvaises herbes, elle enfilait une paire de protège-mains bleu ciel, tout propres, en même temps qu'elle descendait au jardin. Kaé quittait parfois son métier pour aider sa belle-mère à désherber. Celle-ci lui manifestait plus de sollicitude que sa propre mère, et lui enseignait tout ce qu'elle devait savoir avec précision et gentillesse, sans rien omettre. Kaé dormait toujours à ses côtés, et se sentait parfaitement à l'aise en sa présence. Lorsqu'elle était fatiguée de son travail au métier, elle trouvait donc distrayant d'aider sa belle-mère. Sans se munir de gants, elle venait comme elle était s'accroupir auprès d'Otsugi dans le soleil d'automne. Ce jardin avait l'air envahi par les mauvaises herbes, mais c'était en fait un carré de plantes médicinales. Il fallait veiller à ne pas en arracher une par mégarde. Kaé observait attentivement les mains d'Otsugi, et apprenait à distinguer les bonnes des mauvaises herbes, pour être plus tard digne de son mari.

— L'aubergine-qui-rend-fou, contre quelle maladie est-elle efficace, mère ?

— De quelle plante parlez-vous ?

Reconnaissant la plante violacée aux feuilles et aux tiges épaisses que lui indiquait Kaé, elle lui dit :

— Ah ! vous l'appelez comme ça, à Hirayama ? Chez nous, on l'appelle volubilis coréen. Sans doute parce que ses fleurs ressemblent à celles du volubilis. Mais les feuilles et les tiges font plutôt penser à l'aubergine. On en voit beaucoup sur les digues.

Kaé trouva ce nom plus élégant que celui qu'elle connaissait, et se sentit honteuse. Les fleurs étaient déjà tombées depuis la fin de l'été, et la plante brandissait des fruits d'un rose violet, gros comme des poings d'enfant, et hérissés de piquants. Ils paraissaient insensibles aux variations du climat.

— Mon mari et ses élèves l'appellent datura. Ils disent qu'il ne faut jamais en laisser au contact de la nourriture, parce que c'est extrêmement vénéneux. Il paraît que ceux qui sont empoisonnés avec ça rient tellement qu'ils en meurent. Séchées et mélangées à du tabac, les feuilles sont efficaces contre l'asthme. Je crois qu'ils en extraient un jus dont ils badigeonnent les plaies pour les insensibiliser.

Tout en désherbant, Kaé ne put s'empêcher de parler du jour où elle avait vu sa belle-mère pour la première fois.

— La première fois que je suis venue ici, cette plante était en fleur. De belles fleurs blanches.

— Quand cela ?

— Je n'avais que huit ans, mère.

— Vous m'étonnez, Kaé. Il y a si longtemps,

que vous êtes venue chez nous ? Je ne m'en souviens pas, et je me demande pourquoi.

Elle croyait que Kaé était venue autrefois parmi les malades, et, ne voulant pas commettre d'impair, elle s'était arrêtée de désherber et la regardait :

— Mais j'étais venue pour vous apercevoir, mère !

— M'apercevoir ?

— Oui, comme ma nourrice m'avait raconté l'histoire de votre mariage, je l'avais suppliée de m'amener ici pour que je puisse voir la belle dame. Pardonnez-moi !

Otsugi rit de bon cœur en l'entendant lui demander pardon de l'avoir regardée à travers la haie si longtemps auparavant.

Libérée d'un poids, Kaé se mit à rire aussi.

— Bien que je ne vous aie pas mise au monde, je vous aime comme si vous étiez ma fille... Il semble y avoir une étrange communauté entre nos deux destins, dit Otsugi d'une voix songeuse après un silence prolongé. Kaé acquiesça lentement. Elle aussi pensait qu'effectivement, elles étaient destinées, depuis une vie antérieure, à être réunies un jour comme mère et fille.

que vous êtes venue chez nous ? Je ne [illegible] pas, et je me demande pourquoi ?

Elle [illegible] que [illegible] souriant [illegible] ne voulant pas [illegible] de [illegible] et la regarda.

— [illegible]

— [illegible] !

— [illegible]

[illegible]

plus [illegible] avant [illegible] dont [illegible] par [illegible]

avec [illegible] et les [illegible] Ainsi [illegible] laissant [illegible] trompant [illegible] devant [illegible] saient [illegible] demandait [illegible]

1. [illegible]

6

Cette année-là aussi, vers ce qui aurait dû être le début du printemps selon le calendrier, une pluie froide continua de tomber. L'année précédente, des pluies excessives avaient fait pourrir les cultures avant la récolte, et avaient provoqué un véritable désastre national. Dans le Kishû, où l'hiver était doux, on ne possédait généralement pas de moyen de chauffage tels que foyer ou *kotatsu* [1]. Bien plus, chez les Hanaoka, il fallait travailler au métier à tisser installé sur la véranda en plein vent glacé. A peine protégée de la pluie, Kaé sentait le froid la pénétrer jusqu'à la moelle des os. Ses doigts bleuis par l'indigo étaient gercés à leurs extrémités. Elle y avait appliqué un onguent de fabrication familiale, et les avait entourés de pansements de chiffon. Aussi, ce jour-là, accumulait-elle les maladresses, laissant tomber sa navette, ou cassant le fil en se trompant dans l'ordre des gestes. Okatsu et Koriku devaient avoir aussi froid qu'elle, mais elles faisaient claquer le métier au rythme habituel. Kaé se demandait ce qu'elle avait. Il faisait sombre et

1. *Kotatsu :* petit foyer pratiqué sous une table, recouverte d'une couverture, sous laquelle on glisse les jambes pour les réchauffer. *(N.d.T.)*

froid : on ne pouvait pas croire que l'hiver eût pris fin.

Peu après midi, alors que Kaé s'efforçait avec irritation de renouer un fil rompu, elle entendit une voix forte venant de la porte d'entrée, mais elle n'y prêta aucune attention, pensant qu'il s'agissait de son beau-père qui parlait dans la salle de devant. Elle ne remarqua même pas qu'Okatsu tendait l'oreille, les mains immobiles sur le métier, ni que Koriku s'était à moitié levée, sa navette à la main.

— Mais c'est notre frère aîné ! N'est-ce pas lui ?

Ce ne fut qu'une fois que ses belles-sœurs eurent quitté leur métier avec des cris de joie qu'elle comprit que son mari était de retour. Elle n'eut même pas le temps de lisser ses cheveux. Elle accourut à la suite des autres à l'entrée de la maison, descendit du plancher sur la terre battue, et vit Umpei entouré de sa mère et de ses sœurs :

— Vous voilà enfin !

— Vous voilà sain et sauf !

— Que c'est gentil à vous d'être revenu si tôt !

Au milieu des femmes qui exprimaient leur joie toutes en même temps, Umpei semblait muet d'émotion et restait planté là, un coffre d'osier sur le dos et un autre dans la main droite. La pluie avait apparemment transpercé sa pèlerine de paille. Peut-être s'était-il habitué au froid en marchant.

Enfin, il demanda :

— Est-ce que mon père va bien ?

— Mais oui, il vous attend avec impatience.

A ces mots, il s'apprêta à entrer dans la maison.

— Oh ! il faut qu'il se lave les pieds ! Qu'on apporte de l'eau chaude !

Au moment où elle prononça ces mots, Otsugi s'aperçut de la présence de Kaé. La surprise lui coupa le souffle, et elle resta un instant à la regarder fixement, comme si elle la voyait pour la première fois, puis, reprenant ses esprits, elle se remit à sourire et dit en se retournant vers Umpei :

— Voici Kaé. Elle vous attendait aussi.

Umpei fit un signe de tête et regarda Kaé bien en face. Il avait de grands yeux brillants. Il ne manifestait rien de la timidité ni de la pudeur habituelles aux jeunes gens. Son regard perçant posé sur Kaé, il émit un grognement guttural : « Oh !... »

Umpei ignorait quelles étaient les salutations d'usage entre jeunes mariés à leur première entrevue dans de telles circonstances, et quant à Kaé, toute bouleversée, ce fut à peine si elle pensa à s'incliner devant lui ; puis elle partit en courant vers la cuisine.

La marmite pleine d'eau chaude était posée sur le fourneau de terre. Elle alla vivement chercher près du puits un seau de bois, avec lequel elle revint puiser de l'eau chaude, avant de retourner au puits pour la mélanger à de l'eau froide. Le seau dans une main et une cuvette vide dans l'autre, elle revint à l'entrée de la maison. Mais Umpei était déjà monté sur le plancher après s'être essuyé les pieds avec la serviette que lui avait passée Otsugi. Il s'aperçut de la présence de Kaé, qui se tenait derrière lui, son seau à la main, mais Otsugi, qui se retourna en même temps que lui, dit en riant :

— Ah ! ça y est, merci.

Elle poussa Umpei dans le dos, et tous deux s'en allèrent vers la chambre du fond, où Naomichi, dont les jambes s'affaiblissaient chaque jour, restait alité presque en permanence.

Kaé, interdite, resta seule sur le sol de terre battue, se sentant brusquement exclue du cercle familial. C'était difficile à croire, mais c'était bel et bien ce qui arrivait, et le jour même du retour de son mari. Elle était son épouse, elle l'avait attendu, et lui, entouré de sa mère et de ses frères et sœurs, était allé voir son père sans même lui adresser un mot. Sans même utiliser l'eau qu'elle avait préparée pour lui.

Elle revint lentement au bord du puits, où elle déversa d'un geste morne le contenu du seau. L'eau, bien que tiédie, émit une épaisse vapeur blanche en s'écoulant sous la pluie fine, au contact du froid.

Kaé descendit à la cuisine ; elle voulait au moins préparer de ses mains le repas du soir de son mari ; mais les mêmes pensées revinrent bientôt l'assaillir : Okatsu et Koriku arrivèrent, tout heureuses, pour garnir la table des plats préférés de leur frère chéri :

— Du radis en saumure, pas trop salé. Il lui en faut beaucoup.

— Oui, il adore ça.

Ainsi se traduisaient plus de vingt ans de vie commune avec Umpei. Leur dialogue était celui de deux femmes connaissant tout de lui. Face à cela, Kaé, à peine depuis trois ans dans la maison, de surcroît en l'absence d'Umpei, était impuissante. Elle ne pouvait évidemment pas, par exemple, connaître les goûts de son mari.

Elle se demanda si ce n'était pas sa propre timidité momentanée qui lui faisait trouver Otsugi glaciale à son égard, ce jour-là, par contraste avec sa sollicitude habituelle. N'osant pas se hasarder dans la chambre de son beau-père, elle restait dans la cuisine, l'air perdu et misérable, gênant malgré elle les allées et venues d'Okatsu et de Koriku qui s'affairaient. Qu'était-elle dans cette maison ? Cette question grossissait en elle et l'oppressait.

Umpei, à qui elle n'avait jamais pensé jusque-là comme à un mari réel, faisait soudain figure à ses yeux d'homme qu'elle eût attendu avec un amour intense, et dont elle se sentait brutalement séparée par un entourage impitoyable.

Tel qu'elle l'avait vu debout dans l'entrée, il devait avoir vingt-six ans, soit deux de plus qu'elle : il était de stature moyenne, ni gros ni maigre, mais sa tête était d'un volume peu commun, et au lieu d'avoir le sommet du crâne rasé comme le voulait la coutume de l'époque, il portait des cheveux en brosse, sans doute en raison des conditions du voyage. Avec ses sourcils épais et ses yeux exorbités au regard perçant, il n'avait rien de la beauté d'Otsugi. Kaé s'était complètement trompée en l'imaginant avec un visage fin aux traits réguliers comme ceux de Ryôhei qui, lui, était un beau gamin de six ans. Malgré cela, se sentant abandonnée, elle investissait en lui tout son amour. Ses sentiments lui semblaient parfaitement naturels : elle voyait là le destin normal d'une femme, dès l'instant où le choix de son époux avait été fixé de façon ferme et définitive.

Le repas du soir fut animé. Naomichi, contrairement à une longue habitude, quitta son lit et vint prendre place devant une table basse faisant face à celle d'Umpei. Shimomura Ryôan et Imose Yonejirô, ses élèves, étaient là aussi, tout oreilles devant Umpei, qui revenait auréolé des connaissances nouvelles acquises à Kyôto.

Imose Yonejirô, un jeune cousin éloigné de Kaé, s'était installé chez eux comme élève depuis la fin de l'année précédente. Tous les enfants, Ryôhei compris, étaient attablés correctement avec les grandes personnes, mais eux aussi, les baguettes en l'air, étaient avant tout attentifs à ce que racontait leur frère aîné. Et Umpei se montrait volubile. Il avait, à gauche sous la mâchoire, un gros grain de beauté qui bougeait verticalement tandis qu'il parlait, et Kaé fixait ce point, fascinée.

— La chirurgie du Maître Yamato Kenritsu vient en droite ligne de celle du docteur Kaspar. Ses instruments correspondent donc aux techniques hollandaises, et je reviens avec tout un assortiment que j'ai fait faire. La plupart d'entre eux vous étonnerait, père. Ils sont différents de ceux qui viennent d'Espagne. Les chirurgiens doivent d'abord connaître le corps humain en détail avant de procéder à une ablation ou à une incision, et c'est ce que prêchait le Maître Yamato Kensui, prédécesseur du Maître Kenritsu. Si on se laisse obnubiler par tel ou tel symptôme localisé sous prétexte qu'il requiert une intervention chirurgicale, on risque de ne pas pouvoir guérir une maladie, autrement parfaitement curable si elle est prise à temps. La médecine ne mériterait pas son nom si elle ne cherchait pas à découvrir la cause cachée de la maladie pour y remédier.

Je suis donc parfaitement d'accord avec les principes de l'école kasparienne. Et c'est même pour cette raison que j'ai étudié la médecine traditionnelle auprès du Maître Yoshimasu Nangai, tout en travaillant auprès du Maître Yamato. Et ce qui m'a donné le courage de prendre une telle liberté, c'est la vision d'ensemble que j'ai acquise en vous assistant dans ce petit village. A voir que vous, qui aviez été formé à la chirurgie introduite par les Espagnols, vous soigniez toutes sortes de maladies, sans distinction, je me suis familiarisé avec l'idée que la médecine externe et la médecine interne n'étaient pas rivales. La chirurgie atteindra à la perfection — et je suis convaincu que c'est possible

— le jour où l'on parviendra à utiliser conjointement les instruments et les techniques de Kaspar, et les plantes expérimentées par Maître Yoshimasu. Ma devise à moi, c'est donc « ne tenir pour vrai que ce que l'on a vérifié ».

— Ne tenir pour vrai que ce que l'on a vérifié ! Mm..., en effet.

— Les médecines hollandaise et chinoise ont chacune leurs mérites et leurs défauts. Ceux qui pratiquent la médecine hollandaise expliquent très bien, suivant l'aspect de la lésion qu'ils ont sous les yeux, pourquoi il faut appliquer tel traitement et non tel autre, mais ils n'ont pas de vue d'ensemble du fonctionnement organique. Les zélateurs de la médecine chinoise en savent long sur les lois invisibles qui régissent notre corps, mais se font traiter d'idiots par les premiers, qui leur reprochent de manquer de rigueur. Les médecins de l'avenir se doivent de n'ignorer ni l'une ni l'autre des deux médecines.

— Tu as raison.

— Ceux qui s'initient à la chirurgie devraient au préalable avoir fait de la médecine. Le travail des chirurgiens ne se limite pas à percer des abcès et à en évacuer le pus. N'est-ce pas le rôle des chirurgiens que de venir au secours des malades abandonnés par les autres médecins ? J'ai fait mes études en gardant cette idée bien présente à l'esprit. Le bistouri du chirurgien est comme le sabre du samurai : ce n'est qu'après un examen consciencieux du malade qu'il peut être employé à bon escient contre le mal.

— Bravo, Umpei !

— Non pas qu'une médecine doive supplanter l'autre. Elle vient simplement la compléter. Car c'est toujours du corps humain qu'il s'agit.

— Mm…

— La chirurgie intervient là où ni la pharmacopée ni l'acupuncture ne peuvent plus rien. Un peu comme dans le *kabuki*, lorsque l'on réserve les meilleurs acteurs pour la dernière scène. Pour celui qui rêve de pratiquer une médecine utile, la chirurgie est la voie la plus riche de satisfactions. Mon devoir sera bien sûr de guérir d'abord les maladies dont on vient facilement à bout. Ce serait une honte pour moi de ne pas y parvenir. Mais mon ambition est de devenir le Hua Tuo japonais.

— Hua Tuo ! Voilà un modèle extraordinaire, Umpei.

Naomichi était habitué à ce qu'on lui reprochât sa vantardise, mais il sembla tout de même surpris d'entendre Umpei nommer le célèbre médecin chinois de l'époque des Trois Royaumes [1]. Il écarquillait les yeux, avec cette expression qu'Umpei avait héritée de lui.

Umpei répliqua :

— Oui, c'est lui que je veux égaler.

Et d'un signe de tête, il confirma sa résolution. Il semblait aussi confiant en lui-même que décidé.

— Mes études à Kyôto sont loin de m'avoir pleinement satisfait. Ce n'est pas que je mette en question la dignité et l'humilité de mes maîtres devant la nouvelle science, ni leur art du diagnostic : ils ne se trompent que fort rarement. Mais ni l'un ni l'autre n'égale Hua Tuo. Car j'ai vu que la médecine kasparienne aussi bien que la médecine traditionnelle restait impuissante devant un grand nombre de maladies difficiles, dont le cancer. Et nous, chirurgiens, sommes encore condamnés à voir s'aggraver le cancer du sein sans pouvoir l'opérer.

1. Époque des Trois Royaumes : période de l'histoire chinoise allant de 220 à 280 apr. J.-C. *(N.d.T.)*

— Oui, ça, c'est difficile.

— Hua Tuo, lui, savait extirper une tumeur de l'intérieur du crâne, et même ouvrir la moitié du torse et le refermer avec des points de suture. Il endormait ses malades à l'aide d'une infusion, et terminait ses opérations sans les avoir fait gémir une seule fois, à ce qu'on prétend. Il est vraiment regrettable que l'on ne retrouve aucun document ni sur la composition de cette infusion, ni sur ses techniques chirurgicales ! Vous ne trouvez pas, père ?

— Si. Mais qui sait s'il ne s'agit pas là d'une légende ? D'abord ça remonte à seize siècles, ensuite la littérature de ce pays-là a souvent tendance à exagérer.

— Je ne crois pas qu'il s'agisse d'une fiction complète. Mais, mettons que cette histoire ne soit vraie qu'à moitié, il reste qu'il est souhaitable, tant pour les médecins que pour les malades, que les premiers puissent opérer les seconds préalablement endormis. Ainsi les opérés auront-ils deux fois plus de chances d'entrer en convalescence.

— Et certainement davantage...

— Nous y voilà, père. Moi, je veux me donner des moyens que les autres n'ont pas. Et c'est ce que j'entends par l'expression « devenir un nouveau Hua Tuo. » Le problème réside dans le perfectionnement d'un anesthésique. Il doit certainement être possible d'intervenir chirurgicalement sur n'importe quelle partie du corps, et en particulier partout où se développe une tumeur. En toute logique, on peut penser que l'ablation de cette tumeur devrait guérir la maladie. Or, on nous dit de ne pas enlever le sein à une femme, sous prétexte que, le sein étant chez elle un organe vital, cela la tuerait. Là, je suis sûr qu'il y a une erreur. Il y a sûrement une solution, par exemple atteindre la lésion en passant par le dos ou par l'aisselle.

— Mais ne sois donc pas si impatient de tout couper. Les malades viennent nous consulter en espérant bien que nous trouverons le moyen de les guérir sans opération.

— Mais si opération ne signifie plus avoir à supporter des douleurs atroces, personne ne la redoutera !

— Si tu trouves ce moyen, Umpei, je m'en irai rejoindre les bouddhas sans aucun regret !

Naomichi était vieux, et la fougue que manifestait son fils le subjuguait. Comme tous les pères qui ont cédé la direction de la maison à leur héritier, il se sentait dépassé par l'évolution du sien et ne pouvait souscrire pleinement à ses projets. La joie qui éclairait jusque-là son visage avait fait place à une expression de fatigue, et son sourire faiblissait.

Il se tourna vers sa femme, et dit :

— Voilà Umpei devenu bien ambitieux, Otsugi !

Celle-ci répondit avec sérieux et fierté :

— Umpei ne parle pas d'un projet irréalisable : je l'ai toujours connu ainsi. Je suis sûre qu'il réalisera tout ce qu'il décidera d'entreprendre.

Umpei ouvrit une des malles d'osier, et en sortit un à un les instruments chirurgicaux de l'école de Kaspar : pipettes, bistouris, pinces coupantes, couteaux à lame renforcée, spatules, spatules courbes, aiguilles à chas ouvert, règle flexible, fil de lin, scies courbes, forceps, spéculum, aiguilles à coudre, cathéters, pulvérisateurs, cautères.

A voir les gestes précautionneux par lesquels il les maniait, on sentait quel prix ils avaient à ses yeux. Kaé regardait avec ravissement ses grandes mains, dont les doigts étaient étonnamment effilés. Naomichi, qui semblait fatigué l'instant d'avant, ne pouvait maintenant s'empêcher de tendre le cou pour mieux distinguer toutes ces nouveautés.

— Hm... hm... et ça sert à quoi ?

— Voyez-vous la rainure creusée le long du bord extérieur ? Elle sert à drainer le pus lors de l'évacuation d'un abcès.

— En effet, c'est bien étudié.

— Et voici des ciseaux hollandais. On s'en sert comme ça.

— Ça coupe bien ?

— Oui, très bien.

Ryôan et Yonejirô se penchaient en avant, les yeux brillant d'intérêt. Les instruments étaient bien ce qu'on pouvait trouver de plus récent. Et on voyait qu'ils avaient été choisis dans un esprit de prévision à long terme. L'argent envoyé avait dû à chaque fois passer immédiatement dans ces achats. Kaé songea que certains d'entre eux avaient été payés par son travail de tissage et ce fait même lui rendait chers des objets dont l'inquiétante étrangeté l'eût normalement impressionnée.

Umpei sortait maintenant plusieurs rouleaux de coton, et, saisissant le bras droit de Yonejirô, montrait comment on bandait un membre. C'était un coton solide, venu de l'Asie du Sud, et simplement déchiré en différentes largeurs. Sous les doigts d'Umpei le rouleau voltigeait avec une souplesse surprenante, comme un jeune animal, et bientôt Yonejirô eut le bras emmailloté du coude au poignet.

— Bouge voir, tu n'arriveras pas à le défaire, dit Umpei, tout fier.

Constatant qu'il pouvait mouvoir librement coude et poignet, Yonejirô pliait et dépliait son bras, et se retournait d'un air émerveillé vers

Ryôan. Celui-ci, maintenant que le fils de la maison était revenu armé de techniques manifestement plus perfectionnées que celles de Naomichi, semblait se féliciter d'avoir patiemment attendu son retour.

— Du coton de ce genre, nous pouvons en produire nous-mêmes, Frère aîné, dit Okatsu.

— Mais bien sûr. Produisez-en en quantité. On en aura besoin.

En entendant la réponse de son fils, Otsugi, les yeux plissés de rire, acquiesça :

— Okatsu et Koriku sont devenues expertes en tissage. Car aussi bien l'une que l'autre, pendant ces trois ans, elles se sont échinées pour payer les frais d'études de leur grand frère !

A ces mots, elle éclata d'un rire aigu et joyeux.

Kaé n'en croyait pas ses oreilles. Okatsu et Koriku n'avaient tout de même pas été les seules à travailler au métier pour lui envoyer de l'argent : elle en avait fait autant. Otsugi ne l'avait-elle pas, d'ailleurs, complimentée à chaque fois de son goût ? Devant les commerçants, ne s'était-elle pas montrée fière du travail de sa bru ? Comment se faisait-il qu'elle l'exclût soudain ?

Abasourdie et froissée, Kaé regarda le profil familier : jusque-là, Otsugi n'avait jamais ignoré sa présence dans le cercle familial. Or, ce soir, elle n'avait pas une seule fois posé son regard sur sa bru : c'était à croire qu'elle avait le cou paralysé. Elle n'avait d'yeux que pour son fils. Il n'avait pas fallu longtemps pour que le souvenir de ces trois années de relation de mère à fille s'estompât complètement. Kaé ne comprenait plus du tout. Elle se sentait soudainement mal à l'aise et désemparée.

— Maintenant, regardez ceci, père !

Le dernier objet qu'Umpei sortait de sa malle,

c'était une feuille de papier couverte de caractères à l'encre de Chine. Naomichi fixa un bon moment la signature apposée au bas de la feuille, et, levant son regard, dit :

— C'est signé Asakura Boku. S'agit-il du fameux Keizan, le philologue ? N'est-ce pas un poème d'adieu de sa main ?

— Vous y êtes ! Et là, Hakugyo, c'est le pseudonyme qu'il m'a décerné [1].

Umpei, visiblement fier, donnait de l'index deux petits coups sur le papier. Naomichi fit la lecture du poème à haute voix :

A peine commence-t-il à soigner
Que ses mains dosent déjà savamment le remède.
Son art atteint une perfection telle
Que la Capitale entière refuse de le laisser partir,
Espérant qu'il la délivrera des infortunes de son karma.
Or, février arrive,
Et comme il se prépare à retourner auprès de son vieux père,
Il me demande un mot d'adieu.
Voici ce que je lui dis :
A toi seul, tu as la force de plusieurs,
Tu es ferme et précis dans ta détermination ;
Sache que ton art sera reconnu,
Et que ta renommée s'étendra dans le monde,
Plus loin de jour en jour.

— Mmmm...

Naomichi grogna de satisfaction retenue, et relut

1. C'était là une consécration, une façon de faire accéder un disciple au statut de maître. *(N.d.T.)*

de bout en bout les paroles d'adieu. Il n'avait guère eu d'occasions de savoir jusqu'à quel point son fils s'était concentré sur ses études, d'autant que les lettres de celui-ci avaient été fort rares. Dans ce qu'avait écrit Keizan, il trouvait résumées les trois années d'efforts qu'Umpei avait consacrées à se former.

Son fils aîné, en qui il avait investi tous ses espoirs et toutes les ressources de la famille, était revenu, fort de connaissances plus complètes qu'il ne l'avait espéré.

— Ça valait bien la peine d'attendre, n'est-ce pas, Otsugi ? Après ça, je me sens prêt à m'en aller n'importe quand.

Umpei enroulait le papier en riant, et dit :

— Épargnez-moi cette plaisanterie, père ! Je débute seulement. Ce que j'ai fait jusqu'à présent, c'est apprendre. Et maintenant, je dois pratiquer. Mais pour devenir un chirurgien hors pair, il me faudra encore de longues années. J'ai un projet d'expérimentation à entreprendre dès demain. Je n'ai pas pour le moment l'intention de prendre votre succession. Veuillez donc continuer à vous occuper des malades comme auparavant. Moi, pour l'instant, je préfère rester dans l'ombre.

— Oh non, tu vois bien que je suis rongé par la vieillesse. Ça fait déjà longtemps que je m'appuie entièrement sur Ryôan. Mais j'ai souvent redouté de ne plus être là le jour où tu reviendrais. C'est uniquement le désir de te revoir qui m'a maintenu en vie jusqu'ici. Décharge-moi de mon rôle. On décrochera dès ce soir mon diplôme de chirurgie espagnole. Je reconnais que celle de Kaspar a le dessus. Tes instruments sont là pour en témoigner.

D'une voix joyeuse, Otsugi détendit l'atmosphère, que les derniers mots de Naomichi avait rendue pesante.

— Votre père est fatigué ces jours-ci. Ces pluies qui n'en finissent pas rendent tout le monde pessimiste. Il est tard maintenant. Allez vous coucher, Umpei. Demain, une fois bien reposé, votre père vous dira qu'il ne peut pas vous céder la direction de la maison pour l'instant. Je voudrais bien vous écouter davantage, mais remettons cela à demain.

— Euh..., je voulais revenir avec quelques cadeaux pour vous, mère, et pour les autres. L'argent que j'avais réservé à cet effet, j'ai fini par le dépenser pour acheter ce couteau courbe. A vrai dire, je me suis senti passablement embarrassé lorsqu'il m'a fallu franchir le seuil de cette maison, sachant que je n'avais aucun cadeau à vous offrir... D'autant plus que je revenais de Kyôto !

— Ta, ta, ta ! Vos instruments sont nos trésors. Nous souhaitions tous vous voir revenir sain et sauf, mais qui donc s'attendait à ce que vous rapportiez des cadeaux ! Allez ! Le meilleur remède contre la fatigue du voyage, c'est encore une bonne nuit de sommeil. J'ignore ce qu'en dirait le docteur Kaspar, mais ce que je vous prescris, moi, pour ce soir, c'est d'aller dormir seul. Bonne nuit !

Le ton de plaisanterie sur lequel elle dit cela fit rire tout le monde, et chacun se retira vers sa chambre. Kaé se retira aussi ; mais tout en préparant la couche de sa belle-mère et la sienne, elle ne pouvait s'empêcher de chercher à comprendre dans quelle intention véritable sa belle-mère avait pris la peine de préciser qu'Umpei devait dormir seul ce soir-là. Était-ce une façon de lui signifier qu'il ne devait pas inviter sa femme dans sa chambre ? Mais Otsugi, elle, après avoir fait préparer par Okatsu la couche d'Umpei à côté de celle de son père dans la salle principale, s'éternisait là-bas, sous prétexte d'aider son fils à changer de vêtements.

Du fond de l'obscurité, son rire étouffé parvenait à Kaé, restée seule, assise sur la couche glacée. Il n'exprimait sans doute que la joie incontrôlable d'une mère qui venait enfin de retrouver son fils. Mais, pour Kaé, ce rire avait une résonance obscène.

C'est alors que naquit, d'une manière aussi inattendue que violente, sa haine pour Otsugi. Elle n'en avait pas encore une conscience très précise ; simplement, elle découvrait qu'elle était restée une étrangère dans cette famille, où elle s'était crue admise à part entière après l'échange des coupes de mariage. Le lien conjugal qui existait entre Naomichi et Otsugi se trouvait consolidé par l'existence de leurs enfants. Et ces derniers avaient en commun un même sang, celui de leurs parents. Kaé comprit alors que pour l'épouse, la difficulté consistait à franchir ce mur que constituaient des liens de parenté en eux-mêmes indestructibles. Mais Kaé ne désespéra pas. Bien au contraire, dans un esprit tout nouveau de combativité, elle décida de défier celle envers qui elle n'avait jusque-là éprouvé qu'un respect affectueux. Ce qui se manifestait là, c'était la jalousie amoureuse.

La mère du mari était l'ennemie de l'épouse. La façon dont, inconsciemment ou non, Otsugi tentait d'empêcher qu'Umpei ne soit accaparé par son épouse n'était rien d'autre qu'un signe de cette hostilité. Les relations, factices et idéalisées, de cette bru et de sa belle-mère qui s'étaient choisies l'une l'autre de leur propre mouvement, venaient de prendre fin avec l'apparition d'Umpei, et Kaé l'avait bien compris. L'épouse vierge qui rêvassait autrefois à son métier à tisser faisait mentalement ses premiers pas vers la vie réelle, une vie de lutte.

Enfin une ombre pénétra dans la chambre et, ses préparatifs du lendemain terminés avec sa rapidité habituelle, s'étendit sur la couche voisine de celle de Kaé. Celle-ci, comprenant, à la façon dont Otsugi retenait sa respiration, qu'elle l'écoutait, ouvrit grands les yeux dans l'obscurité, et les fixa sur sa belle-mère. Otsugi devait certainement s'en apercevoir. Tournant silencieusement le dos à Kaé, elle resta immobile. Les deux femmes, nerveusement conscientes de la présence l'une de l'autre, ne s'endormaient pas. La mère, qui espérait voir son fils dormir seul éternellement, et la femme, qui découvrait en sa belle-mère un obstacle entre elle et son mari, avaient toutes deux les nerfs à vif, et chacune surveillait sa respiration pour ne pas laisser à l'autre le loisir de deviner les sentiments qui l'agitaient.

7

Naomichi s'éteignit six mois plus tard. Pour un homme qui avait lassé le voisinage de ses vantardises, il eut une mort bien silencieuse. Avant de disparaître, il avait pu assister au retour du fils tant attendu et devenu un homme selon ses vœux : il avait sans doute dit de son vivant tout ce qu'il avait à dire. Il ne laissa pas de testament [1].

Ses funérailles furent en fait une occasion d'annoncer le retour d'Umpei et de confirmer son mariage. Les frais d'études de ce dernier étaient tout ce qu'ils avaient pu épargner. Personne de la famille n'avait, depuis trois ans, acheté de vêtements, si modestes et nécessaires fussent-ils. Le désastre climatique de l'année précédente avait provoqué une famine dans le Kishû, région habituellement riche. La famille Hanaoka n'était donc pas la seule à être touchée par la pénurie. Et après avoir déboursé l'argent nécessaire à l'enterrement de Naomichi, elle ne pouvait plus se permettre la

1. Dans le Japon ancien, un testament n'avait pas pour but de répartir les biens du testateur entre ses héritiers, mais de transmettre par écrit des recommandations d'ordre moral et social, pour guider le comportement de l'héritier dans l'existence, et l'aider à maintenir le bon renom de la famille. *(N.d.T.)*

moindre dépense. Un repas de noces eût été trop coûteux, et d'ailleurs, l'état d'esprit général ne s'y prêtait pas.

La pluie tombait sans trêve, sans une éclaircie ; le froid était si persistant que les gens avaient renoncé à quitter leur kimono doublé, et cela, même après l'équinoxe de printemps : tous étaient abattus, et vivaient confinés dans des maisons imprégnées d'une odeur de moisi.

Kaé comprenait parfaitement la situation. Malgré tout, elle restait convaincue qu'Otsugi refusait délibérément d'inviter le voisinage à un banquet en l'honneur des mariés. Après avoir tant insisté pour avoir Kaé comme bru, après avoir veillé sur elle avec une sollicitude sans faille pendant trois ans, et être allée jusqu'à prétendre avoir avec elle une communauté de destin plus marquée qu'avec ses propres filles, Otsugi s'était mise, vers l'époque du décès de Naomichi, à trahir nettement son hostilité envers elle. Bien sûr, elle était trop fine pour se laisser aller à des paroles acerbes. De l'extérieur, rien ne semblait avoir changé entre les deux femmes. Personne dans l'entourage ne se doutait de rien, mais Kaé, elle, pouvait sentir la haine d'Otsugi aussi précisément que des pointes d'aiguilles sur sa peau. Elle non plus ne disait rien. Otsugi avait vu juste : son éducation de jizamurai interdisait à Kaé d'extérioriser ses sentiments.

Un jour, assise dans un coin de sa chambre, elle sortit de sa boîte à ouvrage un petit carré de soie vermillon qu'elle plia en quatre, et dont elle commença à faire un sachet doublé. Elle le cousit à points aussi petits que possible, puis le retourna pour y introduire le son de riz qu'elle avait préparé, et en noua l'ouverture. Elle se confectionnait un *nukabukuro*. Dès le lendemain du retour d'Umpei, elle s'était mise à détester ceux dont elle s'était servie jusqu'alors. Elle ne comprenait pas comment elle avait pu se contenter, comme une esclave, des sachets usagés d'Otsugi. Lorsqu'elle avait pour la première fois utilisé le sien propre, elle s'était frotté tout le corps avec une telle violence que le sachet s'était rompu et que le son en était sorti ; puis elle s'était rincée soigneusement des pieds à la tête. En s'en confectionnant un neuf maintenant, elle haletait de rage à l'idée qu'elle avait supporté un tel traitement pendant trois ans, et la couleur éclatante de la soie brûlait ses yeux larmoyants. Elle ne se souvenait pas avoir elle-même demandé à se servir de ces sachets. Elle se reprochait seulement, avec un dégoût quasi physique, de les avoir si longtemps acceptés avec reconnaissance.

Alors qu'elle finissait de serrer et de nouer l'ouverture du sac, Otsugi entra dans la chambre à pas pressés. Elle sembla ne pas avoir vu Kaé, jusqu'à ce qu'elle vînt à frôler son épaule. Elle eut d'abord l'air surpris, puis, pensant sans doute qu'elle n'avait aucune raison de se gêner, fit mine de l'ignorer, et commença à dresser sa coiffeuse tout en faisant coulisser la porte de papier qui donnait sur la cour, pour faire un peu de lumière.

La coiffeuse avait dû être apportée de chez ses parents lors de son mariage : c'était un meuble luxueusement laqué, et orné de dessins à la feuille d'or. Après avoir posé le miroir à main sur son support, Otsugi saisit un peigne très fin et commença à lisser ses cheveux.

Elle mettait un soin diligent à entretenir sa beauté. Au moindre moment de liberté, elle venait devant son miroir retoucher sa coiffure, rajuster le col de son kimono, et supprimer les faux plis de ses vêtements. Kaé n'avait jamais cherché à compter combien de fois par jour Otsugi recommençait les mêmes gestes, mais cela devait faire un nombre impressionnant. Attrapant sa glace d'une main, elle retouchait rapidement son chignon de l'autre, rangeait vivement les accessoires, et ressortait presque aussitôt de la chambre. Et cela plusieurs fois par jour. Tout laisser-aller était banni de son existence. Kaé avait toujours admiré sa célérité. Mais ce jour-là, Otsugi semblait peu pressée. Lui tournant le dos, elle corrigeait soigneusement l'agencement de sa coiffure à l'aide du manche pointu du peigne en buis. Elle redressait même en y ajoutant de l'huile les petits cheveux du front et des tempes. Kaé ne pouvait se méprendre sur l'intention provocatrice de cette attitude. Otsugi attendait manifestement qu'elle quittât la chambre. Était-ce parce qu'elle voulait être seule pour mettre de l'ordre dans ses kimonos ?

C'était étrange. Sans qu'il y eût de conflit visible, les deux femmes ne s'adressaient plus guère la parole. Six mois plus tôt, en voyant Kaé assise avec sa boîte à ouvrage, Otsugi se serait penchée sur elle pour lui demander ce qu'elle faisait. Et réciproquement, en voyant Otsugi sortir son miroir, Kaé lui en aurait présenté un autre pour lui permettre de voir sa nuque. Maintenant, chacune attendait, silencieuse, que l'autre sortît la première de la chambre.

Kaé tira l'aiguille d'un grand mouvement de sa main droite et coupa de ses dents le fil de soie rouge. Mais elle ne se hâta pas de ranger sa boîte à ouvrage. Elle posa ostensiblement devant sa coiffeuse, dans un coin de la chambre, le sachet plus grand que d'habitude qu'elle venait de terminer. Elle lança un regard furtif au profil d'Otsugi, et ce qu'elle vit la surprit. En lumière rasante, on distinguait de nombreuses rides autour de ses yeux.

C'était une découverte. Kaé sortit de la chambre en retenant son souffle.

Elle respira profondément lorsqu'elle atteignit le sol de terre battue de la cuisine, et gagna comme un automate celui de l'entrée de la maison, pour sortir dans le jardin.

La saison des pluies avait immédiatement suivi un printemps déjà si pluvieux qu'il avait même fait pourrir les fleurs de saxifrage. Et insensiblement, le froid qu'on avait fini par croire inséparable de ces pluies avait fait place à la chaleur moite de l'été. Le repiquage du riz était terminé depuis longtemps, mais les jeunes plants, trop longtemps inondés, semblaient macérer sans que leurs racines pussent se fixer : les paysans, redoutant encore une récolte désastreuse après celle de l'année précédente, gardaient une mine sombre, tandis que le jardin des Hanaoka était envahi par les mauvaises herbes ramenées par l'été. Comme depuis longtemps personne ne voulait plus les arracher sous la pluie, elles avaient réussi à couvrir entièrement la terre noire du jardin. Elles seules semblaient tirer une vigueur inquiétante des pluies continuelles qui asphyxiaient le blé, le riz et les légumes.

Kaé, se demandant ce qu'il était advenu du carré de plantes médicinales, sortit sans se soucier d'être mouillée. Elle souhaitait même voir cette espèce de crachin se transformer en averses torrentielles, tant elle était de mauvaise humeur. La Kinokawa menaçait déjà de déborder, et inquiétait les riverains. Elle, sous l'effet conjugué du temps et des pensées moroses qui l'obsédaient ces jours-ci, était trop irritée pour prendre garde à la pluie. Elle s'y exposait hardiment, préférant être trempée qu'humide ; elle se dit soudain que son idée d'aller vérifier l'état des plantes médicinales était tout à l'honneur d'une femme de médecin, et se sentit réconfortée. Rien qu'à la pensée d'avoir un statut et un rôle bien défini, malgré sa position inconfortable de bru encadrée par une belle-mère et des belles-sœurs, elle avait l'impression d'être sauvée.

Les plantes médicinales, peut-être en raison de leur origine sauvage, poussaient encore plus vigoureusement que les mauvaises herbes. Leurs feuilles se déployaient plus largement que d'habitude, comme les doigts d'une main avide. Kaé ouvrit grands les yeux : les fleurs coniques, d'un blanc translucide, flottaient, innombrables, sur le fond vert du champ. Les fleurs du datura. L'aubergine-qui-rend-fou. Le volubilis coréen. C'était une plante toxique, d'une vitalité surprenante, qui croissait n'importe où au printemps si on en avait laissé échapper quelques graines à l'automne précédent. Ses tiges et ses feuilles violettes, proches de celles de l'aubergine, semblaient tirer de la pluie des forces sans cesse renouvelées, et cela encore davantage que le reste de la végétation de l'endroit. Ses fleurs, d'une beauté si noble, vues de loin, révélaient, de près, dans la corne pointue que formait chaque pétale, une robustesse que ne possédait pas le volubilis. Blanches et solides.

Kaé éprouva soudain de la haine pour ces fleurs. Malgré ses efforts, elle ne parvenait pas à oublier la première fois où elle avait vu Otsugi devant cette maison, et ces fleurs venaient lui rappeler l'événement avec insistance. Elle s'indignait contre elle-même de s'être laissé ensorceler par la beauté d'Otsugi. Elle pensa au visage ridé qu'elle venait de voir. Dans le soin méticuleux que mettait sa belle-mère à camoufler ses rides, elle ne discernait maintenant qu'une obstination de mauvais aloi. Passer tant de temps à se regarder dans une glace à cinquante ans lui semblait non pas un devoir féminin, mais plutôt un comportement qui suggérait une intention lubrique, et elle ne pouvait plus le lui pardonner. Pourtant, rien chez Otsugi ne justifiait apparemment une telle critique, et cette pensée venait exacerber le dépit de Kaé. Chaque fois qu'elle assistait aux soins de toilette d'Otsugi, elle percevait avec fureur et écœurement une allusion malveillante à sa propre infériorité physique, et son impuissance à égaler sa belle-mère sur ce terrain l'exaspérait encore davantage.

Elle étendit le bras et arracha une fleur, puis une autre, puis une troisième. Elle accomplissait ce geste sans intention précise, simplement parce qu'elle ne pouvait garder son calme en face d'elles. Perlées de pluie, elles étaient froides au toucher, et résistaient dans sa main. Aucune faiblesse en elles. Kaé, se sentant défiée, continuait à en arracher. Une, et encore une.

— Tu sais comment s'appellent ces fleurs ?

La voix, proche, la surprit. Elle se raidit, des poignées de fleurs dans les mains. Cela faisait déjà un moment qu'Umpei se tenait debout près d'elle. Absorbée comme elle l'était dans ses pensées, elle ne s'en était pas aperçue. Le souffle coupé, elle parvint à se rappeler la question qu'il avait posée, et qui résonnait encore à ses oreilles. Elle y répondit d'une voix éteinte :

— Datura, n'est-ce pas ?

— Très bien ! Tu savais ça ?

Kaé se détendit immédiatement, et se sentit soulevée d'une joie soudaine. Elle était heureuse. Elle ne voulait pas se souvenir qu'elle avait appris le nom de ces fleurs par Otsugi, et qu'avant ça, elle ne connaissait que leur nom vulgaire d' « aubergine-qui-rend-fou ». Mais, un instant plus tard, elle pâlit en se rendant compte qu'elle avait cueilli des plantes médicinales sans permission.

Cependant, Umpei, se penchant à côté d'elle, en faisait autant.

— Je ne peux pas attendre qu'elles donnent des graines, dit-il.

— Comment ?

Kaé ne comprenait pas ce qu'il voulait dire. Elle restait pétrifiée, sans savoir au juste ce qu'elle devait faire des fleurs dont elle avait les mains pleines.

— C'est une bonne occasion. Je vais faire un premier essai avec ces fleurs. Où pourrait-on les faire sécher de façon à les empêcher de moisir ?

— Que diriez-vous de les suspendre au plafond de la cuisine ? L'air est sec à cet endroit-là.

— Oui, c'est une bonne idée.

Les mains d'Umpei furent vite remplies de fleurs, et il vit Kaé faire un sac de sa manche de kimono en en coinçant l'extrémité dans la ceinture qui lui serrait la taille. Sans un mot, il se mit à déposer dans cette manche les fleurs qu'il avait cueillies. Kaé était radieuse. Elle en oubliait complètement la pluie.

Elle éprouvait une joie intense à être seule avec son mari, comme seule au monde avec lui.

— Tu les essuieras avec un chiffon sec.

— Bien.

— Et tu jetteras le chiffon après.

— Oui, d'accord. Sont-elles vénéneuses aussi ?

— Pas autant que celles de l'aconit. Mais il vaut mieux être prudent.

— Oui, très bien.

— Yonejirô n'est pas encore rentré ?

— Non, je crois qu'il n'est pas encore là.

— Tu me préviendras dès qu'il sera revenu.

— Oui, d'accord.

Elle était heureuse de lui répondre. C'était la première fois qu'elle lui parlait seule à seul dans la lumière du jour. Elle retourna à la chambre en courant, les bras chargés de fleurs de datura. Comme elle l'avait deviné, Otsugi était en train de replier ses kimonos sur une natte étendue devant elle.

— Mais, qu'avez-vous ?

A la vue de Kaé trempée jusqu'aux os et de ce qu'elle rapportait dans la manche de son kimono, Otsugi l'interpellait, et son regard s'était fait aigu et réprobateur.

— Umpei-san m'a dit de faire sécher ces fleurs au plafond de la cuisine.

Kaé répondait à sa belle-mère avec calme. Elle se sentait pleine d'assurance, et crut voir Otsugi blêmir de fureur. Elle sortit d'un placard un kimono de coton sans doublure, et le déchira bruyamment. Si elle pouvait aider son mari dans son travail, le sacrifice d'un kimono était bien peu de chose. Surtout que c'était maintenant à elle, et non à Otsugi, qu'il demandait cette aide.

— Yonejirô ne revient pas vite, murmura Otsugi d'un ton plaintif.

C'était une façon d'insinuer que, si Yonejirô avait été à la maison, un tel travail n'aurait jamais été confié à Kaé. Tout heureuse, celle-ci épongeait les fleurs de datura, une à une, avec application.

— Ces fleurs-là sont vénéneuses. Ne mélangez pas ces chiffons avec les autres, s'il vous plaît.

— Non, mère. Umpei-san m'a bien dit de les jeter sans faute.

— Lavez-vous bien les mains aussi. Il serait dangereux de faire la cuisine sans prendre cette précaution.

— Oui, mère.

Aux instructions que sa belle-mère lui donnait d'un ton un peu méchant, Kaé répondait avec bonne grâce. Elle était si heureuse qu'elle avait même envie de rire. Otsugi, les sourcils froncés, rangea rapidement ses kimonos et quitta la chambre à pas pressés.

Les fleurs coniques, une fois épongées, avaient perdu leur raideur, comme si toute vie s'en était retirée. Kaé les alignait une à une dans un van, lorsque, tout à coup, elle se rappela la nuit où son mari et elle avaient été unis pour la première fois, rougit, et jeta un regard circulaire dans la chambre pour s'assurer de l'absence d'Otsugi. Puis elle poussa un gros soupir.

Combien de jours s'étaient-ils écoulés entre le retour d'Umpei et cette nuit-là ? Chez les samurai il était courant que les époux fissent chambre à part, mais Otsugi ne pouvait pas éternellement feindre d'ignorer le fait que les nouveaux mariés n'avaient pas encore une seule fois dormi ensemble.

Aussi, un jour, lui avait-elle, sans la regarder, donné l'ordre de se rendre dans la chambre d'Umpei. Kaé, toute brûlante de honte, avait obéi. Ils étaient pourtant bien officiellement mari et femme, mais il lui fut tout de même pénible d'avoir à se rendre dans la chambre de son mari pour la nuit des noces.

Kaé était entrée dans la chambre, serrant étroitement son oreiller-boîte contre elle. Cette pièce n'était séparée de la chambre de Naomichi que par de simples portes coulissantes à panneaux de papier épais ornés de peintures. Pendant la journée, elle servait de salle de consultation. Dans la chambre voisine, du côté opposé, Shimomura Ryôan et Imose Yonejiro devaient dormir. Si la scène avait eu lieu la nuit même du mariage, Kaé aurait au moins pu conserver une certaine indifférence. Là, elle connaissait déjà tout l'agencement de la maison, et cela n'avait fait qu'aggraver sa nervosité.

Il eût été normal qu'Otsugi se retirât dans la chambre de ses filles pour libérer celle où elle dormait avec sa bru. Mais puisqu'elle n'y semblait pas disposée, Kaé était toujours obligée de se rendre chez son mari, et elle ne pouvait s'empêcher de voir là une manifestation supplémentaire de la mauvaise volonté d'Otsugi.

La première fois, Umpei avait traité sa femme, qui tremblait de gêne, d'une façon tout à fait désinvolte. Lorsqu'il avait écarté l'échancrure de son kimono, et lui avait saisi le sein, elle avait failli pousser un cri de surprise, qu'elle avait cherché à réprimer en se tordant sur elle-même ; il lui avait demandé si cela lui faisait mal. Il ne se souciait pas particulièrement de parler bas. Paralysée de honte et de surprise, elle n'avait pas pu répondre. Umpei, empoignant le sein et le pressant du bout des doigts, avait répété sa question.

Kaé n'avait pour toute connaissance des mystères de la chambre à coucher que les instructions que lui avait données sa nourrice avant le mariage. Tami ne lui avait pas parlé d'une éventuelle manipulation des seins. Aussi avait-elle fini par penser qu'Umpei n'agissait ainsi que poussé, probablement, par la curiosité professionnelle. Le soir où il était revenu de Kyôto, elle l'avait entendu dire que les seins, organes vitaux chez les femmes, ne pouvaient pas, même lorsqu'ils étaient atteints d'un cancer, être enlevés. Elle avait été un instant bouleversée à la pensée que son mari ne la regardait, la nuit même de ses noces, que d'un œil professionnel. Umpei l'avait alors pincée tout près du mamelon.

« Aïe ! » avait-elle gémi. Umpei, sans dire un mot, avait retiré ses doigts et avait massé doucement l'endroit de la paume de sa main. Cela avait fait naître une sensation agréable tout à fait inattendue. Kaé s'était contorsionnée un moment, puis n'avait plus eu conscience de rien jusqu'au moment où elle avait eu l'impression d'un relâchement complet de tout son corps.

Le lendemain, toute honteuse, elle n'avait pas osé regarder les autres en face : car les dormeurs des chambres voisines ne pouvaient pas ne pas l'avoir entendue gémir, et elle aurait eu du mal à les persuader que ce gémissement n'avait été causé que par un pincement du sein. La pluie s'abattait sans arrêt, de jour et de nuit, et la nuit, c'était comme de la poix qui colmatait la maison en y enfermant un silence pesant. Son gémissement était peut-être parvenu non seulement aux oreilles de son beau-père et de ses élèves, mais même jusqu'à celles d'Otsugi. Kaé était consternée.

Elle fut bientôt convaincue que tout le monde l'avait entendue. Mis à part son beau-père, qui, alité et déjà très affaibli à l'époque, n'était plus gênant, les membres de la famille lui avaient paru changer de comportement. Ainsi, Ryôan et Yonejirô évitaient son regard, tout en essayant de paraître naturels. Dans l'attitude d'Okatsu, de Koriku, et même des enfants, elle avait discerné comme une altération, et, lorsqu'elle avait remarqué qu'Otsugi se montrait encore plus distante qu'auparavant, elle s'était crue complètement isolée et repoussée de tous. Cette fois, personne ne pouvait se méprendre sur le sens de ce changement chez Otsugi. Jamais plus elle n'adressait la parole à Kaé. Cela dit, tout s'accomplissait normalement dans la maison sans qu'elles aient à se parler. La présence d'Okatsu et de Koriku comblait ce silence.

Cependant, dès la mort de Naomichi, la chambre qu'il avait occupée fut attribuée à Umpei, et Kaé n'eut plus à s'inquiéter des oreilles indiscrètes. Mais Umpei en fut enhardi d'autant. Sans éteindre la lampe à huile, il prenait sa femme dans ses bras et observait, de ses grands yeux qui ne cillaient pas, tous les détails de son corps. Il avait toujours cette habitude de lui masser les seins. Kaé, ne pouvant l'en empêcher, couvrait son visage de sa manche de kimono pour ne pas laisser échapper le moindre gémissement, et attendait que cela prît fin. Pourtant, bien qu'elle fût convaincue du contraire, elle commençait à y prendre goût, et lorsqu'elle se plaignait qu'il lui fît mal, sa voix se faisait plus câline. A ces moments-là, elle avait l'impression de voir grossir le grain de beauté sur la gorge de son mari.

Le moment où elle devait rentrer dans la chambre qu'elle occupait toujours avec Otsugi était particulièrement pénible. Parfois, il lui arrivait de s'endormir contre son mari, et, surprise par le premier chant du coq, elle regagnait en hâte avec son oreiller-boîte la chambre où elle trouvait sa belle-mère, déjà coiffée et le visage pâle de fureur, qui lui jetait un regard et se murait dans le silence.

Sans qu'une parole fût prononcée, Kaé comprenait parfaitement ce que sa belle-mère mettait dans ces regards : « Qu'est-ce donc que ce gémissement que vous avez laissé entendre ? », ou bien : « Vous avez osé vous attarder jusqu'au petit matin ! » Cette voix imaginaire la fouaillait comme la pointe rouillée d'une pique. Mais ce genre d'épreuve avait l'avantage de l'entraîner à maîtriser toujours mieux ses nerfs.

Ayant noué des ficelles au bord du van dans

lequel elle venait d'étaler les fleurs épongées, Kaé se remit sur ses jambes avec légèreté. Elle pensa enfin à changer de kimono, celui qu'elle portait étant mouillé. Dans sa commode, elle en choisit un de pongé, doublé de façon à dispenser du port d'une robe de dessous. Et elle l'enfila, tout heureuse. Il était en soie, et bien plus léger que celui, de coton, qu'elle venait de quitter. D'ailleurs sa couleur d'une nuance gaie, rouille tirant sur le rouge, s'accordait parfaitement à son humeur du moment. Maintenant qu'elle avait cueilli avec Umpei des fleurs de datura sous la pluie, elle n'avait plus rien à craindre de l'opinion des autres.

Koriku et la bonne, qui se trouvaient dans la cuisine, et Okatsu, qui revenait du puits, parurent stupéfaites de voir Kaé porter ce kimono inhabituellement gai, et plus encore de constater son air joyeux. Elle leur dit avec un large sourire :

— Il faut maintenant faire sécher ces fleurs. Voulez-vous m'aider ?

Elle fit ainsi valoir, pour la première fois, sa qualité d'épouse de leur frère aîné.

Elle choisit un endroit où suspendre le van, qui ne devait être exposé ni à la fumée du fourneau ni à la vapeur des casseroles, et, tandis qu'elle liait à une poutre les ficelles attachées au bord du van, elle riait comme une enfant sur l'escabeau soutenu par la bonne. Dehors, le temps était toujours pluvieux, mais dans l'âme de Kaé, il n'y avait plus le moindre nuage.

Yonejirô rentrait.

— Vous voilà ! Comme vous devez être mouillé, avec cette pluie. Oh ! Qu'est-ce que c'est ?

Kaé poussa un cri enjoué en apercevant les petites choses qui remuaient dans les bras de Yonejirô, sous sa pèlerine de paille. C'était trois chatons aux yeux apeurés qui pointaient leur tête dans les interstices. Yonejirô les posa doucement sur le sol de terre battue, mais ils semblaient paralysés par la peur.

— Ils étaient trop heureux de trouver preneur pour ces bêtes, car ils ne savaient plus comment les nourrir, par ces temps de disette. Je voulais les rapporter immédiatement pour faire plaisir à mon maître, mais ils ont insisté pour m'offrir un repas en guise de remerciement. Et je me suis permis de l'accepter.

En disant cela, Yonejirô sortait fièrement trois autres chatons du panier attaché à sa ceinture, avant de se débarrasser de sa pèlerine.

On avait installé une grande cage sous la véranda du côté de la salle principale, et, des chats, il devait y en avoir onze, maintenant, se disait Kaé. On avait aussi confié à Yonejirô la tâche de ramener des chiens errants. Il y en avait déjà neuf, attachés dans la cour. Umpei s'était mis, dès le lendemain de son retour, à collectionner ces animaux, pour une raison inconnue. Les chats, surtout quand ils sont petits, ne mangent pas autant que les chiens. Kaé se demandait si ses belles-sœurs, puisque c'étaient elles qui s'en chargeaient, allaient pouvoir s'occuper vraiment de toutes ces bêtes. Ces six-là, au moins, c'était elle qui allait les élever, et de son mieux, se promit-elle. En tant qu'épouse, c'était à elle de se dévouer pour son mari, même s'il lui fallait pour cela écarter sa belle-mère.

Peu après Yonejirô, ce fut le commis voyageur de la pharmacie qui arriva, sa grande malle sur le dos. Cela mit tout à coup de l'animation dans la maison. Puis Ryôan revint, lui aussi, de sa tournée de visites.

Le commis était bavard.

— C'est vraiment grave, cette fois-ci. Les gens meurent comme des mouches. La situation du Kishû, c'est encore rien à côté des autres pays. Mais ça ne se passera pas comme l'année dernière. Les entrepôts de riz, qui étaient pleins à ce moment-là, ne le sont plus cette année, à cause de la famine. Ce qui est grave, avec ces pluies, c'est pas seulement que le riz pourrisse sur pied, mais c'est que ça fait sortir les fleuves de leur lit, et les épidémies font des ravages. Et une fois enrhumés, les gens ne peuvent plus se rétablir. Nous autres, les apothicaires, sommes les seuls à bénéficier de la situation. Le ginseng est tellement demandé... Pourtant, il est cher, mais qu'est-ce que c'est que l'argent, à côté de la vie, hein ?

Tel un vendeur de gazettes *Kawaraban* [1], il racontait tout ce qu'il avait vu et entendu sur les désastres qui n'avaient cessé de frapper le Japon depuis trois ans.

— Le riz est à cent quatre-vingts momme [2] d'argent à Osaka, plus du double de l'année dernière. C'est grave ! Les médicaments aussi. Les grossistes augmentent leurs prix tous les jours, et finissent par prétendre qu'ils n'en ont plus. C'est comme la médecine, la pharmacie, c'est aussi quelque chose d'humanitaire. Nous sommes donc

1. *Kawaraban :* sorte de gazette vendue à l'époque d'Edo. Elle fut d'abord imprimée sur de l'argile en forme de tuile (ou *kawara*), d'où son nom, puis sur le bois gravé ; *ban* signifie édition. Mais en réalité, ce nom ne date que de l'ère Meiji, car auparavant on l'appelait *yomiuri* (*yomi :* lecture, et *uri :* vente) : le vendeur lisait en effet le texte à haute voix pour attirer les clients. Les informations ainsi diffusées étaient souvent apolitiques, sauf si elles flattaient le pouvoir, étant donné la censure qu'exerçait le gouvernement des Tokugawa. Elles portaient surtout sur les incendies, les cataclysmes, les apparitions, les vengeances d'honneur d'un maître ou d'un père, les distinctions officielles, etc. La *kawaraban* était le plus souvent illustrée. *(N.d.T.)*

2. *Momme :* équivalent de 3,75 g.
Momme d'argent : ancienne unité monétaire qui valait le soixantième d'une pièce d'or, ovale, appelée *koban. (N.d.T.)*

très embêtés par cette augmentation des prix, mais il n'y a pas une seule maison sans malade. Dans des cas pareils, on n'a jamais assez de médicaments.

Le commis, entre ses descriptions de la panique qui gagnait la capitale et de la dévastation de la région du Kinki [1], et ses excuses pour l'augmentation du prix des médicaments, n'avait pas oublié les nouvelles susceptibles d'intéresser Umpei.

— Les longues pluies ne font pas pourrir que la nourriture, elles font aussi pourrir notre corps, on dirait. Et c'est bien vrai ! A Sakai, on voit apparaître une maladie bizarre.

— Quelle maladie ? demanda Umpei, soudain attentif, les yeux écarquillés et luisant d'intérêt.

— On dit que c'est l'os pourri qui soulève la chair et la peau. Quand on presse l'endroit, ça fait un mal sourd tout au fond de l'enflure, paraît-il. Ça varie avec les personnes, ça peut être n'importe où sur le corps. C'est ce qu'on m'a dit. L'épouse d'un de nos clients vient d'avoir une enflure comme ça sous l'un des yeux, ils sont affolés. C'est sûrement une épidémie. Moi personnellement, j'ai entendu parler de plus de dix cas.

— Est-ce une tumeur des chairs ? demanda Ryôan.

— Une tumeur de l'os, je crois. Elle est dure et immobile. L'enveloppe de l'os gonfle par rétention de certaines humeurs viciées, répondit Umpei.

— Est-ce que c'est contagieux ? demanda le commis.

— Non. C'est peut-être dû au fait qu'avec ces pluies, l'alimentation est insuffisante.

1. *Kinki :* mot à mot, « les environs de la capitale impériale ». Le Kishû occupait la partie occidentale du sud de la péninsule de Kii, faisant face à l'île de Shikoku ; le Kinki est donc à une centaine de kilomètres au nord du Kishû. *(N.d.T.)*

— Est-ce qu'on peut guérir ça, Maître ?

— Moi, je peux, répondit Umpei avec naturel. Le commis se frotta les mains, et s'empressa d'abonder dans son sens :

— Évidemment, avec la formation que le maître de ces lieux a reçue à Kyôto, dit-il, flagorneur, en s'empêtrant dans un mélange des dialectes du Kishû et du Senshû [1]. Et il en profita pour retirer le papier huilé qui couvrait sa grande malle d'osier, dont il sortit les herbes commandées.

— Malgré la hausse générale des prix, on trouve encore la racine d'aconit et le cnidium en quantité suffisante, et donc à l'ancien prix. Mais l'angélique *Byakushi* et l'angélique *Tôki* [2] sont très demandées en ce moment. Nous avons eu énormément de mal à réunir la quantité que vous aviez commandée. Ayez donc l'obligeance de vous montrer compréhensif pour ce qui est du prix... Qu'est, qu'est-ce que c'est ?

Les chiens s'étaient mis à aboyer tous ensemble. C'était peut-être une belette qui avait traversé la cour.

— Ce sont les chiens. J'en ai une dizaine, expliqua Umpei au commis à peine remis de sa frayeur.

Celui-ci ouvrit des yeux ronds :

— Une dizaine !

— J'ai aussi des chats, dit Umpei.

— Alors que les gens se débarrassent de leurs bêtes, vous...

— Si vous m'en apportez, je vous donnerai une petite récompense.

1. Senshû : région qui, appelée aussi Izumi, s'étendait autour de Sakai, ville connue pour sa prospérité commerciale. A l'époque, elle faisait partie d'Osaka. *(N.d.T.)*

2. Angélique *Byakushi : Angelica rabrae ;* angélique *Tôki : Angelica acutilola. (N.d.T.)*

— Vraiment ? Voilà un acte méritoire ! Par ces temps où les gens meurent de faim...

— C'est pour faire vivre les humains que j'ai besoin de chiens et de chats.

Umpei avait dit cela d'un ton si coupant que le commis, subjugué, répondit :

— Bien sûr, bien sûr, Maître, sans s'aventurer à poser d'autres questions. N'est-ce pas une calamité, ces pluies ? Franchement, nous souhaiterions qu'elles s'arrêtent, même si le commerce des médicaments devait en souffrir un peu. La pluie tombe depuis deux ans sans avoir l'air de vouloir s'arrêter ; c'est la première fois que ça arrive dans l'histoire, paraît-il. Quand on est commis voyageur, on n'a pas le droit de s'enrhumer. Toute l'année mouillé jusqu'aux os, on a toutes les chances d'attraper un rhume, et une fois enrhumé, comme il faut bien continuer à gagner sa vie, il y a de quoi y laisser sa peau. Je ne peux pas me permettre de faire comme le teinturier qui s'habille en blanc, ou comme le médecin qui oublie de se soigner. Chaque fois que j'arrive à une auberge pour l'étape, je me prépare une bonne infusion, par précaution.

— Il y a de plus en plus de gens qui n'ont pas les moyens d'acheter des médicaments, n'est-ce pas ?

— C'est vrai, Maître. Dans une famille qui ne peut même plus acheter de blé pour tout le monde, le potage de riz pour un malade pèse déjà lourd sur le budget, alors à plus forte raison des médicaments, vous pensez bien ! Et encore, la situation est meilleure dans le Kishû qu'ailleurs. Le seigneur y distribue tantôt de l'argent, tantôt du riz. Mais plus de cent mille personnes sont mortes de faim dans le Japon tout entier, à ce qu'on m'a dit.

— Oui, on loue la générosité du seigneur Harutada. Mais au sud du Kishû, les gens sont beaucoup plus pauvres que par ici. J'ai entendu dire que là-bas, la misère était complète, dit Umpei.

Ryôan acquiesça et rapporta ce qu'il avait appris au cours de ses visites, à quoi le commis ajouta encore des exemples. A les écouter, on imaginait sans peine les scènes effroyables que provoquaient ces calamités naturelles dans tous les coins du pays, et c'était décourageant.

— Prenez donc un peu de thé.

Kaé apportait un plateau avec des tasses pour tout le monde. Son kimono d'une gaieté presque inconvenante étonna l'assistance. Otsugi fixait déjà sur sa bru un regard de reproche, mais Kaé distribua les tasses remplies de thé sans avoir l'air d'y prendre garde.

8

Il s'écoula encore deux ans avant que Kaé fût enceinte. Le désastre de l'ère Temmei, qui devait durer cinq ans au total, se poursuivait toujours, et d'après les chroniqueurs, la famine et les épidémies qui sévissaient dans toutes les provinces firent périr la population par centaines de mille. Dans le Kishû, grâce à la politique avisée du seigneur, rares furent ceux qui souffrirent d'une pauvreté criante, et la province put se remettre de cette douloureuse épreuve sans connaître les grandes jacqueries qui soulevaient les autres régions. Mais, avant cela, les Hanaoka durent affronter des difficultés matérielles encore plus graves qu'à l'époque où Umpei faisait ses études. Kaé, Okatsu, Koriku et leurs sœurs durent se remettre à leurs métiers.

La pénurie était telle que le riz atteignait des prix extravagants : un mommé d'argent pour un demi-litre. Ce n'était pourtant pas une désaffection de la clientèle qui valait à la famille de se trouver dans une situation aussi critique. Au contraire, Umpei n'était pas revenu depuis un an que les patients se pressaient à la petite porte de sa salle de consultation, dont il ne sortait pas de l'aurore jusqu'à la nuit tombée : le bourg de Nate lui-même n'était pas épargné par la recrudescence des maladies due aux pluies continuelles, et, de surcroît, l'étrange tumeur osseuse d'abord signalée à Sakai avait maintenant remonté le fleuve Ki, et se répandait chez les riverains.

Et, bien sûr, seule une minorité pouvait payer le médecin. La maison ne chômait pas, mais, à la cuisine, on devait faire face aux conséquences de la disette croissante. De plus, Umpei distribuait les médicaments sans compter. Pour préparer un onguent, il fallait faire infuser une quantité énorme d'herbes séchées, dont les prix grimpaient sans cesse, et ces onguents, il les donnait à ses patients sans exiger de paiement. Ces derniers étaient bien entendu sensibles à sa générosité. Et cela d'autant plus que, comme il l'avait affirmé, Umpei guérissait rapidement leurs tumeurs. Aussi venaient-ils le voir de régions toujours plus éloignées. La plupart du temps, ce qui les amenait à consulter était des maladies de carence : ils étaient donc fort pauvres. En guise d'honoraires, ils lui remettaient, qui une patate sauvage, qui un chien ou un chat, parce qu'ils avaient entendu dire que leur médecin aimait à collectionner ces animaux. C'était là une façon d'exprimer leur reconnaissance. Mais cela ne facilitait pas la tâche des femmes de la maison, qui devaient coûte que coûte faire bouillir la marmite. Les cotonnades qu'elles tissaient auraient pu suffire à nourrir tout le monde, mais en fait, à peine terminées, elles se changeaient en médicaments aux prix exorbitants.

Pourtant, aucune de ces femmes n'élevait la moindre plainte, malgré cette gêne extrême, et toutes se montraient parfaitement dignes du sacerdoce familial. A les voir, Kaé comprenait enfin ce qu'Otsugi avait voulu dire, des années auparavant, lorsqu'elle avait décrit à son père l'épouse idéale du médecin, et, en dépit de la haine qu'elle lui vouait, il lui fallait bien admettre que sa belle-mère avait fait preuve de sagacité.

L'ordinaire des Hanaoka se réduisait maintenant à de la soupe de millet aux patates douces. Mais dès qu'Otsugi eut appris la grossesse de Kaé, elle lui fit servir du riz aussi souvent que possible, et chaque fois que les patients apportaient en cadeau des denrées rares, telles que le carassin [1] ou le saumon Ayu, elle les lui réservait en totalité lorsqu'il n'y en avait que pour une personne. Bien qu'elle eût constamment faim, comme toutes les femmes enceintes, Kaé se sentait gênée de devoir être la seule à manger des plats aussi raffinés, et cela sous les yeux des autres membres de la famille. Plus encore que gênant, elle trouvait cela pénible. Otsugi se mettait alors à la sermonner :

— Si cela vous met mal à l'aise, vous avez tort. Ce n'est pas pour vous en tant que bru que nous faisons ces sacrifices, mais pour l'enfant des Hanaoka que vous portez. Qui sait si ce ne sera pas un héritier ? C'est votre devoir de le mettre au monde en bonne santé. Ce qui se trouve sur votre table, c'est ce que chaque membre de la famille offre, avec ses prières, à l'enfant qui se trouve dans votre ventre. Alors, n'hésitez pas, mangez de bon cœur !

Qui eût songé à voir dans ces paroles autre chose qu'une façon de sauver sa bru d'une situation embarrassante ? La propre mère de Kaé, lorsqu'elle apprit cette histoire, n'y vit que le signe de la gentillesse d'Otsugi envers sa fille, et pleura de joie.

Kaé, quant à elle, trouvait que le raisonnement

1. Carassin : poisson d'eau douce, semblable à la carpe, mais d'une taille plus petite et sans barbillons. *(N.d.T.)*

d'Otsugi faisait bon marché de sa personne, et que sa logique était glaçante au possible. Elle se plaisait à souligner que l'enfant à venir appartenait à la famille : était-ce à dire que la mère de l'enfant, elle, n'en faisait pas vraiment partie ? N'était-elle donc qu'un ustensile destiné à nourrir l'héritier des Hanaoka, et mettant pour ce faire à leur service ses dents, sa langue et son estomac, en bref, un vulgaire mortier et un pilon ? Dans cet admirable discours, Kaé avait du mal à déceler la moindre trace d'affection. Et pire encore, ces mots lui disant que toutes, Otsugi, Okatsu, et Koriku, avaient mêlé de prières les aliments qu'elles lui offraient, ces mots l'avaient jetée dans un état de trouble à la limite du malaise. Au point qu'elle se demanda brutalement si sa belle-mère et ses belles-sœurs ne cherchaient pas à la tuer par des maléfices. Voulaient-elles, après lui avoir fait absorber tout au long de sa grossesse une nourriture empoisonnée par des sortilèges, qu'elle mourût pour que sa vie servît de monnaie d'échange contre celle de son enfant ? Avec un frisson dans le dos, elle revit les cadavres de chiens et de chats récemment enterrés sous le plaqueminier derrière la maison.

Si perturbé que fût son esprit, il ne semblait pas avoir de prise sur les exigences de la petite vie qui se développait dans son corps : toutes ses réticences intérieures ne suffisaient pas à refréner son appétit, et le mouvement de ses baguettes indiquait clairement qu'elle trouvait à son goût tout ce qu'on lui présentait. Otsugi semblait le savoir : elle venait déposer sur son métier, enveloppés dans du papier, tantôt des noix, tantôt des pois grillés, bref, tout ce qu'elle pouvait trouver de comestible. Et quelque quantité qu'elle en mangeât, Kaé ne se sentait jamais rassasiée. Tout en réprimant son envie de les lui jeter à la figure, elle les grignotait avidement, arrêtant le métier d'une main.

Elle se sentait misérable, pareille à un écureuil en captivité qu'on aurait nourri à travers les barreaux de sa cage : au lieu d'être reconnaissante à Otsugi de ses attentions, elle ne l'en haïssait que davantage.

Le travail de tissage requérait un mouvement constant et violent du buste en avant ; passé le huitième mois de sa grossesse, son ventre ne lui permettait plus de supporter un tel effort. Elle restait donc maintenant dans sa chambre, adossée à l'un des piliers, préparait des aiguillées de fil, déchirait en coupons de vieux kimonos et se mettait à confectionner des langes et des sous-vêtements à l'intention du bébé. Tous ses mouvements étaient bien sûr ralentis, mais rien ne pressait.

— Kaé ?

Otsugi entra dans la pièce, et alla s'asseoir légèrement en retrait, à une certaine distance d'elle. Pour la voir de face, Kaé aurait dû se déplacer d'un demi-tour, et se rasseoir. Elle se dit cependant qu'Otsugi non plus ne tenait pas à un dialogue en face à face. Aussi n'interrompit-elle pas ce qu'elle était en train de faire. Elle répondit d'une voix fluette :

— Oui ?

— Votre accouchement est pour bientôt, n'est-ce pas ?

En fait, c'était encore l'affaire de plusieurs semaines [1]. Kaé se demanda où Otsugi voulait en venir, pour prendre un ton si caressant.

1. Le texte original dit « deux mois », ce qui porterait la durée de la grossesse à dix mois. Ce chiffre provient de ce que l'on compte ici pour un mois complet le mois révolu après la conception, quelle qu'en soit la date réelle ou supposée. En général, tout mois ou année entamés, fût-ce à une

— Oui.

— Je viens vous consulter à ce sujet. J'ai entendu dire qu'à Nate, la tradition veut que pour son premier accouchement, l'épouse retourne chez ses parents. Comme je suis née de l'autre côté du fleuve, je ne suis pas très au courant de cette coutume.

Effectivement, Kaé se rappelait maintenant que l'épouse de son frère aîné était repartie chez ses propres parents avant de donner naissance à son premier enfant, et qu'au moment du départ, elle cherchait à dissimuler sous les manches de son kimono son ventre proéminent. Mais Kaé se contenta de dire sur un ton traînant :

— Ah ! vraiment ?

Car elle savait que, si elle manifestait le moindre enthousiasme, l'autre se ferait un plaisir de lui répondre qu'elle ne la retenait d'aucune façon.

— Réfléchissez bien. Umpei-san lui-même estime que ce serait une bonne chose.

Depuis qu'elle était enceinte, Kaé se hérissait pour un rien. Elle avait beau en être consciente, c'était plus fort qu'elle. Elle sentit ses joues s'empourprer. Otsugi venait de dire « Umpei-san ». C'était le seul de ses enfants qu'elle nommait en ajoutant cette marque de respect ; cela n'avait rien d'équivoque, puisque c'était là ce que prescrivait la coutume à une mère lorsqu'elle parlait de l'héritier de la maison. Et pourtant, Kaé trouvait cela éminemment déplaisant : à chaque fois, il lui semblait discerner dans la voix d'Otsugi quelque chose de trouble, de presque concupiscent. De plus,

journée près, valaient le mois ou l'année entiers. Ainsi, à la naissance d'un enfant, on attendait le début du mois suivant, ou, en décembre, de l'année suivante, pour le déclarer, faute de quoi il était considéré, selon le cas, comme étant âgé de deux mois ou de deux ans, alors qu'il n'avait par exemple que deux jours, ou à peine plus. *(N.d.T.)*

elle se sentait piquée au vif de voir qu'Otsugi avait obtenu le consentement d'Umpei avant même de la consulter. Cherchaient-ils à la chasser d'ici ? Elle bouillait de rage, mais se garda bien de le laisser paraître. Otsugi mettait en avant la coutume du pays, mais elle-même, autrefois, n'avait-elle pas été accouchée d'Umpei par Naomichi, son propre mari, dans cette maison ? Ils en tiraient d'ailleurs assez de fierté. Pourquoi alors voulaient-ils maintenant l'écarter de son mari, avant son accouchement à elle ? D'ailleurs, ce n'était pas une coutume particulière à Nate. Elle ne pouvait pas ne pas exister également au-delà du fleuve, là d'où Otsugi venait. Mais de toute façon, n'était-il pas plus conforme à la tradition des Hanaoka que le mari accouchât son épouse de son premier enfant ? Au lieu de la joie qu'aurait dû éveiller en elle l'idée de retrouver ses parents après des années de séparation, elle n'éprouvait que répulsion pour ces amabilités qui lui faisaient froid dans le dos.

Les Imose, qui ne se doutaient de rien, accueillirent leur fille avec des débordements de joie. La mère lui dit :

— Combien de fois n'avons-nous pas pensé te faire parvenir quelque chose de nourrissant ! Mais nous nous sommes abstenus, de peur de blesser ta belle-famille, surtout par ces temps de disette. Mais comme tu as bonne mine, ma fille ! Tu n'as pas maigri du tout. Voilà qui me rassure vraiment.

Le père intervint, en disant à la mère :

— Prépare-lui donc le plat qu'elle aime, avec des carpes du bassin. Et fais piler du riz glutineux, qu'elle en mange à satiété.

Puis, se tournant vers sa fille :

— Si tu as envie de quoi que ce soit, je me le procurerai. Mange autant que tu pourras, que l'accouchement se passe aussi bien que possible.

Sajibê était tout heureux de s'occuper de ces détails, dont un homme ne se fût pas soucié en temps ordinaire.

La famine qui se prolongeait avait eu des répercussions jusque sur les revenus de l'hôtel seigneurial. Sajibê avait renoncé à ses métayages de l'année, et les réserves de riz dont, en tant qu'administrateur, il avait jusque-là disposé pour venir en aide aux paysans les plus démunis étaient épuisées. Il n'avait pas de mal à imaginer les difficultés que connaissaient les Hanaoka en une telle période. Et sa femme et lui débordaient de gratitude envers Otsugi, qui avait su épargner à leur fille toute restriction alimentaire.

— L'aubergine d'automne est trop bonne pour la bru, comme dit le proverbe. D'ordinaire, la belle-mère prive l'épouse de tout ce qui est bon. Eh bien, surtout par les temps qui courent, on pourrait chercher longtemps une belle-mère aussi attentionnée ! Nous pouvons lui être reconnaissants ! s'exclama Sajibê.

— Elle mérite vraiment sa réputation ! Kaé a de la chance. Et nous avons bien fait de la marier à Umpei-san. Lui aussi jouit d'une fameuse renommée, tout à fait comme je l'avais prévu, s'extasiait la mère, avec autant de fierté que s'il s'était agi d'un exploit personnel.

A ce moment-là, de grosses larmes d'amertume jaillirent des yeux de Kaé. Elle ne pouvait plus endiguer davantage le flot d'indignation qu'elle avait si longtemps contenu : elle sanglotait bruyamment, avec des hoquets violents. Tout étonnée, sa mère pensa que les fatigues de la grossesse avaient ébranlé les nerfs de sa fille et que l'occasion du retour dans sa famille avait déclenché la crise ;

la serrant contre elle, elle essaya de la calmer.

— Courage, ma fille. Une fois l'accouchement passé, tu ne souffriras plus de tout ça. Ne t'inquiète de rien. Tâche de regarder de jolies choses, et de n'occuper ton esprit que de pensées agréables. On accouche toujours plus facilement qu'on ne le craignait. Le tout est de te ménager d'ici là, de prendre le plus grand soin aussi bien de ton corps que de ton esprit. Maintenant, calme-toi.

A cette recommandation de prendre soin de son esprit, Kaé ne put se retenir d'épancher auprès de sa mère tout ce qui lui pesait sur le cœur : Otsugi la traitait avec froideur ; on se trompait sur son compte ; elle était loin d'être réellement belle ; elle camouflait sa laideur sous un maquillage épais ; elle était prétentieuse, uniquement préoccupée de sa propre mise, mais indifférente à celle de ses enfants, Umpei compris, qui allaient, mal peignés, débraillés, dans des vêtements sales. C'était sûrement à dessein qu'elle laissait son entourage dans cet état, pour faire mieux ressortir sa propre beauté ; la preuve en était que si elle, Kaé, mettait un beau kimono pour se changer les idées, sa belle-mère se montrait tout particulièrement désagréable envers elle ; en revanche, dès qu'il s'agissait de calcul mercantile, elle ne manquait effectivement pas d'astuce. Si elle l'avait fait venir comme bru dans la maison pendant l'absence d'Umpei, c'était certainement dans le seul but de la mettre à travailler au métier à tisser, et d'ailleurs, comme par hasard, elle la renvoyait chez ses parents dès qu'elle était devenue incapable de remplir cette tâche.

La rancœur véhémente avec laquelle sa fille accusait sa belle-mère laissa la mère stupéfaite et perplexe. Car aucun de ces griefs ne lui semblait fondé. D'ailleurs, Kaé reconnaissait elle-même qu'Otsugi ne lui avait jamais fait le moindre reproche explicite. Kaé parlait d'un visage fané, plissé de rides, mais pour tous ceux qui la voyaient, Otsugi était sans conteste restée très belle. La mère ne pouvait donc voir là que pure médisance. Quant à prétendre qu'Otsugi laissait délibérément ses filles aller mal vêtues afin de rehausser sa propre beauté, c'était tellement absurde que personne n'y aurait ajouté foi. Et lorsqu'il fut question du tissage, la mère en vint à se demander sérieusement si sa fille avait bien toute sa tête.

— Comment donc, médire d'une belle-mère aussi exemplaire ! Le ciel pourrait t'en punir !

Entendre sa mère la sermonner ainsi, les sourcils froncés de réprobation, exacerba chez Kaé la rage et la frustration. De désespoir à se voir désapprouvée, incomprise, elle finit par hurler comme une bête. Elle s'effrayait elle-même à l'idée d'être réellement en train de devenir folle, mais ne pouvait plus se maîtriser.

— Voyons, tu risques de nuire à l'enfant, en te mettant dans des états pareils. Calme-toi. Sois forte.

Inquiète maintenant, la mère s'appliquait uniquement à apaiser sa fille, car elle se souvenait que, dans un passé déjà bien lointain, la grossesse l'avait perturbée, elle aussi, jusqu'à lui faire presque perdre la raison.

Kaé, quant à elle, se rendait compte qu'elle avait passé sous silence certains des motifs de son animosité envers Otsugi. Elle ne pouvait tout de même pas avouer à sa propre mère qu'elle était purement et simplement jalouse d'Otsugi, Otsugi qui avait vécu près de trente ans avec Umpei, face auquel elle avait des attitudes étrangement langoureuses, et qu'elle avait intentionnellement envoyé coucher seul le soir de son retour. On ne racontait pas ces choses-là à ses propres parents. Et puisqu'elle ne lui avait pas tout dit, il n'était pas étonnant que sa mère ne la comprît pas. A plus forte raison eût-elle été interloquée d'entendre sa fille accuser Otsugi de l'empêcher d'être accouchée des mains de son mari.

— Je sais ce que c'est que d'être une bru. Mais à l'époque, je m'imposais une patience absolue, en me faisant le raisonnement que rien que pour avoir mis au monde mon mari, ma belle-mère avait droit à toute ma gratitude. Et pourtant, elle me reprochait le moindre de mes gestes, jusqu'à ma façon de tenir les baguettes ! Il n'y a pas de commune mesure entre ta situation et celle que j'ai connue. Au point que je me demandais sérieusement pourquoi la bru était l'objet de persécutions aussi haineuses. Chaque fois que les nausées de la grossesse m'obligeaient à garder le lit, elle venait me réprimander et prétendait que je me laissais aller par faiblesse de caractère. Elle m'obligeait à nettoyer les lieux d'aisance, et même plusieurs fois par jour, sous prétexte que c'était bon pour l'enfant. L'odeur nauséabonde avait fini par imprégner mes manches de kimono, et comme la grossesse rend les femmes plus sensibles aux odeurs, j'avais la tête lourde toute la journée. Malgré ça, je continuai à briquer le plancher à genoux. Je n'avais pas le choix.

Tandis qu'elle décrivait le traitement que lui avait infligé sa belle-mère plusieurs dizaines d'années auparavant, elle voyait sa fille se calmer peu à peu. Et elle ajouta, pensive :

— Mais je découvre à l'occasion de ta grossesse quelque chose qui m'avait échappé jusqu'ici :

lorsque ma bru était enceinte, je priais uniquement pour que l'enfant à naître soit normalement constitué. En joignant les mains devant l'autel des Kami, ou en illuminant celui des bouddhas, tout ce que je leur demandais, c'était de m'accorder un petit-fils doué d'une solide santé, et d'une bonne intelligence. Or, quand il s'agit de l'accouchement de ma propre fille, je prie tout autant, mais en formant des vœux différents : que Kaé ne subisse aucun dommage, que l'accouchement se fasse sans incident, et qu'elle s'en relève rapidement. Je m'aperçois que je fais passer ta santé avant celle de mon petit-fils. Et cette différence me fait saisir combien ma bru a dû souffrir. En t'écoutant parler de ta belle-mère, j'ai tressailli, j'ai presque eu des sueurs froides à l'idée que peut-être moi aussi, à mon insu, j'avais fait souffrir ma bru de la même manière.

Par ces paroles, que Kaé se promettait bien de ne pas oublier et de se répéter souvent, sa mère était parvenue à lui faire entendre raison, et rien que pour ça, elle se félicitait d'être rentrée chez ses parents. Elle allait se calmer. C'était là le devoir d'une future mère qui souhaite le bien de son enfant. Pourtant, Otsugi avait bien dit, un jour d'été, dans le jardin étoilé des corolles blanches du datura, qu'il fallait qu'elles aient une étonnante communauté de destin pour s'aimer autant sans être liées par le sang. Quel sens avaient donc ces paroles, si elles en avaient un ? A y repenser, Kaé avait beau s'être résolue à faire preuve de clémence, elle ne parvenait pas à pardonner.

— A propos...

La mère essayait de changer de sujet de conversation pour distraire sa fille de ses pensées.

— Il paraît que quelqu'un est venu demander à Umpei-san de le prendre comme élève...

— Oui, mère. C'est quelqu'un de Hashimoto, au pied du mont Kôya. Il s'appelle Nakagawa Yûtei, et il est déjà assez compétent, malgré son jeune âge, car il a étudié quelque temps à Kyôto avant de venir chez nous.

— Umpei-san commence à être connu. C'est déjà un maître.

— Oui. D'ailleurs, on l'appelle maintenant Maître Seishû [1].

— Ah ! on l'appelle Maître Seishû ? Te voilà donc maîtresse de la maison de Maître Seishû !

— Maîtresse de la maison ? Je suis loin de l'être. D'abord, c'est une maison qui n'a encore qu'un train de vie modeste, ce qui n'impose pas de grandes responsabilités. Mais surtout, ma belle-mère est là. Je n'ai qu'un rôle secondaire dans cette famille.

Dès qu'elle parlait, c'était pour exhaler son ressentiment. Sa mère décida donc de couper là. De toute façon, depuis la famine, elle ne menait plus sa vie tranquille d'autrefois, et ses responsabilités de maîtresse d'une maison importante ne lui laissaient pas le loisir de consacrer tout son temps à sa fille : elle partageait désormais les charges de son mari, et pendant qu'il partait pour ses tournées d'inspection, elle écoutait les doléances des femmes du village ; s'il s'en trouvait parmi elles qui étaient enceintes, elle veillait tout particulièrement sur elles et s'assurait qu'elles mangeaient à leur faim. Surtout depuis la grossesse de sa propre fille, elle ne pouvait pas se désintéresser de leur sort. Elle avait d'ailleurs

1. Au Japon, il est de tradition de décerner un nouveau nom propre, en général flatteur, à celui que l'on estime parvenu à une maîtrise supérieure de son art ou de sa science, et cela équivaut à un diplôme ou à une distinction. Il arrive que l'intéressé s'autodécerne ledit nom, ce qui est un peu différent de l'usage d'un pseudonyme. *(N.d.T.)*

la conviction, proche d'une superstition, que si une seule de ces femmes ne sortait pas indemne de son accouchement, celui de Kaé ne manquerait pas d'être difficile.

Quant à Kaé, si elle mettait tant d'énergie à entretenir la flamme de sa haine envers sa belle-mère, c'était peut-être pour détourner à toute force sa pensée de quelque chose dont elle s'était bien gardé de parler à sa mère. Il ne fallait pas que ça sorte du cercle familial, tous les Hanaoka étaient d'accord là-dessus ; sans que personne en eût donné la consigne, ils observaient tous le même silence complice : on ne comptait plus les chats et les chiens qui étaient morts chez eux depuis deux ans. Bien sûr, si Shimomura Ryôan était parti s'installer à Myôji au-delà du fleuve, il n'y avait là rien que de très normal, puisque son maître Naomichi était mort, et que lui-même avait désormais assez d'expérience pour exercer seul. Mais Kaé était hantée par l'idée que c'était peut-être bien aussi parce qu'il avait fini par trouver insoutenables les bizarreries dont s'entourait Umpei. Et le même soupçon semblait avoir effleuré Yonejirô.

Plusieurs chats et chiens dormaient en permanence dans la chambre d'Umpei. Il les faisait nourrir de riz cuit dans du bouillon de poisson, auquel il mélangeait des infusions de plantes médicinales, dont il était le seul à connaître la composition exacte. En quelques heures, les animaux commençaient à présenter des symptômes étranges : les chiens grognaient, se couchaient, et certains, comme saisis de folie, se mettaient à tournoyer sur eux-mêmes en aboyant furieusement, tandis que les chats miaulaient désespérément en labourant de leurs griffes le sol et les murs. Leur voix avait quelque chose de dément. Il arrivait que des chiens s'échappassent de la maison, et c'était alors à Yonejirô d'aller à leur recherche et de les rapporter. Mais tous finissaient par s'endormir profondément, les pattes raidies.

Lorsqu'il en arrivait de nouveaux, Seishû attribuait immédiatement à chacun un nom étrange. Ils avaient fini par être si nombreux que Yonejirô et Nakagawa Yûtei n'avaient pu suffire à la tâche, et que Kaé avait dû les aider. Ces animaux, Seishû avait ordonné qu'ils fussent bien nourris, et l'on n'avait pas osé ne leur donner que les restes. On en était donc arrivé, chez les Hanaoka, à une situation aberrante, les animaux se voyant servir ce qu'il y avait de meilleur, tandis que les humains devaient se contenter d'une nourriture bien plus modeste, composée pour l'essentiel des patates douces que les animaux, accoutumés au luxe, refusaient. A part ces derniers, seule Kaé elle-même était correctement nourrie. Le rapprochement que cela lui suggérait n'était donc pas fortuit.

Il y avait un chat appelé Miru. C'était tout à fait par hasard, en venant le nourrir, que Kaé avait vu cela : Seishû était en train de plonger et replonger la tête de Miru dans un bol rempli d'eau-de-vie. Saisi à la nuque, le chat se débattait violemment et poussait des cris pitoyables, suffoqué par les vapeurs d'alcool. Il finit par sombrer dans une ivresse profonde. Seishû s'aperçut enfin de la présence de Kaé, clouée sur place. Il lui sourit et dit :

— C'est du datura.

Kaé ne comprit pas tout de suite de quoi il s'agissait. Sans sa grossesse, qui lui aiguisait l'odorat, elle n'aurait même pas remarqué l'odeur entêtante de l'eau-de-vie de patate douce.

— Tu te souviens, les fleurs que nous avons

cueillies ensemble ? C'est le suc de ces fleurs que j'ai dilué dans de l'eau-de-vie, et que je lui ai fait boire. Reviens dans deux heures, tu verras, veux-tu ?

— Ou... oui, mon ami.

Kaé quittait déjà la pièce, comme pour le fuir. Quelque bouleversée qu'elle fût, elle allait devoir le rejoindre, puisqu'il le lui avait demandé. Est-ce que la fleur de l'aubergine-qui-rend-fou rendait inévitablement fou le chat à qui on l'avait fait absorber ? Kaé ne voyait pas ce que son mari espérait tirer de tout cela.

Lorsqu'elle réapparut à la porte, l'air craintif, Seishû était en train d'écrire minutieusement dans un gros cahier. Il sentit sa présence, leva la tête et dit :

— Ah oui, c'est l'heure.

Il se mit debout, se dirigea vers le coin de la salle où se trouvait le chat, et se rassit devant la bête. Il lui prit le pouls en glissant une main au creux de l'une de ses pattes avant. Il semblait déjà avoir oublié la présence de sa femme. Sous les yeux de Kaé, qui retenait son souffle, il perça le flanc de l'animal d'une fine mèche à bois, qu'elle n'avait pas remarquée jusque-là. Le chat eut une convulsion, il poussa un gémissement, et lorsque Seishû retira la mèche, le sang jaillit. Impassible, Seishû l'observait fixement. Kaé eut un frisson d'horreur, et quitta la pièce sans bruit. Elle marchait précautionneusement, mais tout son corps vacillait, et ses genoux se dérobaient sous elle.

Couvert de sang coagulé, Miru continua de dormir pendant quatre jours, et à chaque fois qu'elle le voyait, Kaé avait une réaction de peur et de répulsion.

Il y avait aussi deux chiens, un, tacheté, nommé

Kumomaru, et un roux, Uzuichi [1], qui dormaient d'un sommeil profond, lourdement allongés sur le flanc. Yonejirô et Yûtei leur ouvraient la gueule de force pour y introduire du potage de riz et des infusions.

Bien sûr, Kaé se savait devenue particulièrement nerveuse depuis sa grossesse, et c'était peut-être là qu'il fallait chercher la raison des cauchemars qu'elle faisait chaque nuit. Combien de fois, en pleine nuit, Otsugi ne l'avait-elle pas réveillée en la secouant ?

— Vous avez hurlé. Allez donc boire un peu d'eau.

Et dans le visage trop parfait qui se penchait au-dessus d'elle, Kaé avait l'impression de voir la suite de son cauchemar.

Elle continuait à en faire, encore maintenant. Elle songeait qu'elle eût trouvé un réconfort dans la présence de Tami. Mais sa nourrice était morte un an auparavant. Elle n'aurait pas hésité à lui confier tout ce qu'elle dissimulait à sa mère. Tami l'eût écoutée et comprise sans la juger. Kaé lui eût raconté l'histoire des chiens et des chats. Cela l'eût soulagée. La perte de cette mère adoptive lui redevint soudain douloureuse. Elle en était à la fin de sa grossesse lorsqu'elle décida de se rendre sur la tombe de sa nourrice. Si elle ne se délivrait pas des pensées qui l'obsédaient, elle risquait de mettre au monde un enfant monstrueux, sous l'effet de la malédiction des âmes de tous ces animaux. Cette crainte ne lui laissait pas de repos.

Sa mère la fit accompagner par une bonne d'âge mûr, à qui elle recommanda de veiller à ce qu'elle

1. *Kumo* (araignée) et *Uzu* (aconit) correspondent aux substances de la pharmacopée de l'époque expérimentées sur ces animaux. *-maru* et *-ichi* sont de simples suffixes indicateurs de noms propres. *(N.d.T.)*

ne tombe pas, disant qu'une chute risquait d'être catastrophique. Elle était prête à accorder n'importe quoi à sa fille, pourvu que cela calmât son humeur irritable.

Tami reposait dans un cimetière en pente au pied des monts Katsuragi. Elles mirent près d'une heure pour y parvenir. Arrivée devant la modeste tombe, Kaé éloigna la bonne, s'accroupit en joignant les mains, et resta là un bon moment, silencieuse. Elle avait maintenant l'impression que Tami savait déjà tout ce qu'elle était venue lui raconter à haute voix. Elle se sentait vide de toute pensée. La pierre tombale était si vétuste et érodée que l'inscription n'était presque plus lisible. Ce qui restait des caractères gravés semblait indiquer que ce caveau était depuis des générations réservé aux métayers de la famille Imose. Kaé regardait cette tombe et se disait sans émotion que tout aboutissait là. Il y avait déjà une dizaine de jours que l'enfant ne bougeait plus, signe que le terme était proche. Elle se leva lourdement, soutenant son ventre de ses deux mains.

Elle n'avait rien dit à sa nourrice, mais celle-ci l'avait apparemment délivrée de son angoisse. Alors qu'elle redescendait le sentier, les premières douleurs l'assaillirent. La bonne avait elle-même déjà mis au monde plusieurs enfants, et ne perdit pas son sang-froid : elle lui soutenait le dos, et le lui massait doucement en la rassurant :

— Ne vous inquiétez pas, le premier accouchement ne se fait qu'au bout d'une demi-journée après le commencement des douleurs. Et dans les intervalles de répit, elle la faisait avancer.

Le retour leur prit deux heures. La mère donna immédiatement l'ordre de faire bouillir de l'eau et de laver les cheveux de sa fille.

Les douleurs étaient indescriptibles, mais s'évanouissaient soudainement, comme si elles n'étaient jamais apparues, puis revenaient, chaque fois plus violentes. Ces sensations insolites l'effrayaient et la déconcertaient. Des râles de souffrance lui échappaient, comme venus des profondeurs de son corps. Elle rampait, s'agrippait aux tatamis, hurlait, indifférente à l'idée d'être entendue par les autres. Puis l'hémorragie commença. Les taches sur sa robe de dessous et sur la couche lui remirent en mémoire Uzuichi lorsqu'il gémissait et vomissait du sang, et Kumomaru, agonisant dans des convulsions. Elle avait peur, la sueur perlait à son front, et elle cria le nom de Tami à plusieurs reprises. Puis elle entendit craquer les os de son bassin : elle eut alors l'impression d'être fendue de bas en haut, déchirée de part en part, déchiquetée, écartelée, quand soudain elle sentit une masse fluide et chaude glisser entre ses cuisses. La douleur s'était évanouie, et l'enfant se débattait contre ses jambes comme un poisson sorti de l'eau. Presque en même temps, elle entendit son premier cri, un braillement à faire crouler les murs.

Elle ne s'était pas attendue à la joie qui l'inondait maintenant. Rien ne subsistait plus de ces heures de souffrances, de cette insupportable sensation d'écartèlement. Tout cela avait fait place, au contact des petits membres mouillés qui s'agitaient contre elle, à la conscience d'avoir mis un enfant au monde. En y repensant, elle se dit que c'était bien à un éclair déchirant le ciel noir, à la foudre frappant le sol, que ressemblait la douleur fulgurante de l'expulsion. Et pour la première fois, elle comprit tout le sens de ce qu'on lui avait raconté sur la naissance de son mari.

Elle se sentait comme un conquérant au lendemain d'une grande victoire. Elle n'aurait désormais plus rien à redouter, se disait-elle. Car ni Otsugi, ni Okatsu, ni Koriku ne pouvaient donner naissance à un enfant de Seishû.

Dès qu'il apprit la nouvelle, Seishû accourut auprès de sa femme. Il se pencha sur le nouveau-né qui reposait sur une petite couche à côté de Kaé, et dit avec bonne humeur :

— N'est-ce pas qu'elle est belle, notre fille ! Que dirais-tu de l'appeler Koben ? Moi, je pensais bien que ce serait une fille.

Il fallait qu'il soit aveuglé par l'amour paternel pour trouver beau un nouveau-né, mais Kaé elle-même reconnaissait chez sa fille certains des traits de sa belle-mère et, loin de s'en offusquer, était enchantée à l'idée de la voir devenir un jour une belle jeune fille. En celle qui avait été pour elle l'objet de tant de haine et de rancune, elle ne voyait plus, de nouveau, qu'une femme simplement belle. Elle ne s'expliquait pas ce revirement, mais s'en réjouissait. Elle ignorait que cette soudaine générosité prenait sa source dans son sentiment de victoire.

Otsugi ne vint prendre de ses nouvelles que trois jours plus tard.

— Merci de la peine que vous avez prise, Kaé. Mais la prochaine fois, faites-nous le plaisir de nous donner un garçon, je vous prie, dit-elle.

Kaé eut l'impression qu'on lui posait soudain un morceau de glace sur la peau. Cette allusion perfide au fait qu'elle, Otsugi, pouvait s'enorgueillir d'avoir du premier coup mis au monde un héritier, qui plus est aussi remarquable que Seishû, vida brusquement Kaé de l'allégresse qui l'habitait l'instant d'avant. Elle répondit, d'une voix enrouée et balbutiante :

— Oui, mère, certainement la prochaine fois.

— Soignez-vous bien. Ne revenez que lorsque vous serez tout à fait rétablie. Comme vous le savez, ce ne sont pas les femmes qui manquent dans la maison pour faire le travail.

Sur ces mots, Otsugi se tourna vers les parents de Kaé, et leur dit :

— C'est pour nous une bru fort précieuse, je vous suis infiniment reconnaissante !

Et sans se départir un instant de son plus beau sourire, elle s'acquitta à la perfection des politesses d'usage en prenant congé des parents de Kaé, puis s'en alla.

9

Koben venait juste d'avoir quatre ans. On arrivait à l'été. Ce fut Kaé qui remarqua la première l'état d'Okatsu. Celle-ci revenait du puits, un seau à la main, et son allure avait quelque chose d'inhabituel. Kaé l'observa plus attentivement, et s'aperçut que sa belle-sœur portait son seau de la main gauche. Or, elle n'était pas gauchère, Kaé en était certaine, et sa main droite était libre. Par la suite, Kaé redoubla d'attention, et constata que dans tout son travail, Okatsu ménageait son épaule droite. Elle se rappela également qu'elle avait été la première à abandonner le travail de tissage, parce qu'elle le trouvait éreintant, comme elle disait. La famine de l'ère Temmei était maintenant du passé. Seishû était désormais bien connu, dans la région et au-delà, et sa clientèle était non seulement nombreuse, mais enfin, relativement solvable. Les femmes n'avaient donc plus besoin de recourir au tissage pour joindre les deux bouts. Elles n'en avaient pas moins gardé l'habitude de tisser elles-mêmes les vêtements de toute la famille. Or c'était justement Okatsu, la moins bavarde et la plus diligente, qui y avait renoncé la première. Il y avait de quoi se poser des questions.

— Ne seriez-vous pas malade, par hasard, Sœur aînée ? demanda un jour Kaé, pour en avoir le cœur net.

Okatsu eut l'air embarrassée. Puis, avec un sourire amer, elle lui dit :

— Pourquoi ? Est-ce que j'en ai l'air ?

Mais elle se garda de répondre à la question dans un sens ou dans l'autre.

C'était à l'époque de son entrée dans la famille, Seishû étant encore absent, que Kaé avait pris l'habitude, par respect, de l'appeler « Sœur aînée » plutôt qu'« Okatsu-san », comme l'y autorisait sa position d'épouse du frère aîné ; pourtant, Okatsu avait le même âge qu'elle, trente ans.

Elle semblait devoir rester célibataire. Lorsqu'elle avait l'âge du mariage, les études de son frère avaient exigé d'elle qu'elle sacrifiât la préparation de son propre trousseau au tissage de cotonnades monnayables. Et, sitôt son frère revenu, il avait fallu que se déclenche cette famine qui devait durer cinq ans. Pendant toute cette période, personne dans la région n'aurait pu se permettre d'autres dépenses que celles des enterrements, modestes de surcroît, et aucun mariage n'avait été célébré. D'ailleurs, si Okatsu s'était vu faire une proposition, elle ne fût pas partie, car on avait besoin de son travail pour parvenir tant bien que mal à payer les plantes médicinales. Et quand bien même elle aurait voulu partir, il eût fallu qu'elle acceptât de s'en aller « toute nue », sa famille n'ayant pas la moindre économie pour lui assurer une dot convenable et un trousseau décent. Koriku, sa cadette, avait déjà vingt-huit ans. Toutes deux avaient vu se consumer leur jeunesse, d'abord au service des études de leur frère, ensuite dans les nécessités de la survie face à une calamité naturelle, enfin dans le soutien apporté à l'entreprise humanitaire de Seishû. Comme l'avait fait un jour remarquer Otsugi, on ne manquait pas de bras dans la maison, de bras féminins.

Peu après, Otsugi remarqua, elle aussi, le manque d'appétit et la mauvaise mine d'Okatsu. Elle l'interrogea aussitôt pour savoir de quoi elle souffrait, mais celle-ci ne lui répondit rien de plus précis qu'à Kaé.

— Si tu ne te sens pas bien, pourquoi ne demandes-tu pas à ton frère de te préparer une potion ? Il est capable de te remettre d'aplomb en un rien de temps, crois-moi. Si ça n'était pas vrai, est-ce que tous ces patients viendraient d'aussi loin pour le voir ? Non seulement d'au-delà du fleuve, mais même de Sakai ! Plus tôt on prend la maladie, mieux on la soigne.

Otsugi usait de toute sa persuasion, mais sa fille se contentait de lui répondre par des hochements de tête affirmatifs, et il était visible qu'en dépit de l'obéissance qu'elle témoignait d'ordinaire à sa mère, elle n'avait pas la moindre intention d'aller mettre son frère au courant de quoi que ce fût.

Mais un jour, Tane, la benjamine, claironna d'une voix stridente et candide à travers toute la maison :

— Sœur aînée a un sein gros comme une pastèque !

Ces mots firent pâlir Otsugi, et dans la salle de consultation voisine, ils firent sursauter Yonejirô, Yûtei et les trois nouveaux élèves qui, retenant leur souffle, fixèrent leur regard sur Seishû : celui-ci, le visage brusquement tiré par une inquiétude douloureuse, lança à travers la cloison de papier :

— Okatsu, viens me montrer ça !

Semblant finalement se résigner, Okatsu accepta

de venir s'étendre dans la salle de consultation. Koriku disparut en éloignant ses petites sœurs accourues à la nouvelle. Otsugi, elle, vint s'asseoir derrière Seishû en tirant fermement Ryôhei par le bras, comme pour le contraindre à assister à la scène. Il avait alors treize ans. Sa mère cherchait par là à l'aguerrir pour faire de lui un jour le digne successeur de Seishû. Kaé vint aussi, mais se tint discrètement en retrait derrière les élèves de son mari.

Le sein d'Okatsu était énorme, et d'un rouge violacé. Il était enflé au point qu'il débordait la large main de Seishû.

— Ça fait mal ? demanda-t-il. Et ces mots éveillèrent chez Kaé un souvenir qui la fit suffoquer.

— Oui, c'est une douleur lancinante, Frère aîné.

— A quand est-ce que ça remonte ?

— A peu près à l'époque de la Fête des filles, au mois de mars. J'ai commencé à sentir là une petite boule qui roulait lorsque j'appuyais.

— Pourquoi n'as-tu rien dit à ce moment-là ?

Sans répondre à cette question, Okatsu demanda d'une voix calme :

— C'est un cancer, n'est-ce pas ?

Tous, autour d'elle, étaient plus livides qu'elle. Seishû ne répondit pas, et elle-même s'abstint de répéter sa question. Comme les autres, elle savait bien qu'il n'existait aucun traitement, puisque la conversation avait porté là-dessus le soir où son frère était rentré de Kyôto. La théorie en vigueur affirmait qu'on faisait mourir une femme en lui enlevant le sein. Depuis qu'elle avait découvert sa maladie au moment de la Fête des filles, alors que fleurissaient tout juste les pruniers, Okatsu s'était sue condamnée. Kaé était bouleversée. Comment se pouvait-il que le cancer ait imprimé sa griffe meurtrière sur un sein vierge, qu'aucun homme n'avait caressé et qui n'avait jamais allaité un enfant ?

Seishû lui remit des herbes à faire infuser, et un onguent à appliquer en cataplasme, pour atténuer l'inflammation ; mais tout le monde savait, à commencer par elle, que c'était surtout pour la réconforter.

Elle ne s'était jamais plainte des souffrances qu'elle endurait, mais à ce stade, la douleur s'était faite si violente qu'elle se laissa aller à demander à son frère :

— Ne pourriez-vous pas me donner votre antalgique à avaler ?

Ce qu'elle appelait ainsi, c'était le baume, bien sûr à usage externe, qu'il utilisait lors de ses interventions chirurgicales. Depuis l'ère Temmei, cette préparation avait été rendue célèbre par tous ceux qui, atteints de la fameuse tumeur osseuse épidémique, et opérés par Seishû, en avaient vanté les vertus analgésiques dans toute la région : avec cela, disaient-ils, ils n'avaient pas eu mal lorsque le bistouri les avaient entaillés. Mais dans son cas, elle serait restée sans effet, car il n'y avait pas de plaie, et il n'était pas question d'inciser. Cependant, devant l'intensité de la douleur, Okatsu avait sans doute envisagé tout ce qui pouvait lui apporter le moindre soulagement, et elle avait dû se dire que, pris par la bouche, le baume pouvait agir et calmer ses souffrances. Seishû abaissa lentement son regard sur sa petite sœur et dit avec calme :

— L'onguent dont tu parles contient une grande quantité de datura et d'aconit. Il est trop toxique pour être avalé. Je ne puis rien faire, il va te falloir être courageuse, je t'en supplie.

— Alors, laissez-moi prendre l'autre médicament, celui qui me permettra de dormir sans arrêt jusqu'à ce que je meure, Frère aîné !

Elle voulait sûrement parler de la préparation expérimentée sur les animaux, maintenant enterrés sous le plaqueminier.

Otsugi sortit de la chambre, comme si elle ne pouvait en supporter davantage. Kaé, qui pleurait silencieusement, immobile, la vit sortir, et revenir aussitôt.

— Le médecin a pour unique mission de sauver les vies humaines. Quelles que soient les souffrances de son malade, il n'a pas le droit de fabriquer une potion destinée à abréger ses jours, dit Seishû.

— Pourquoi ne m'opéreriez-vous pas ? Vous êtes un chirurgien connu !

— Si je le pouvais, crois-tu que je te laisserais dans cet état ?

— Même si je dois mourir de cette opération, si c'est vous qui la pratiquez, je m'estimerai satisfaite. Ce sera presque un titre de gloire. Au moins, j'aurai été utile à quelque chose !

Otsugi laissa échapper un gémissement, presque un sifflement venu de sa gorge. Sa fille touchait au terme de son existence : le mal qui la rongeait était incurable. Elle en éprouvait une souffrance indicible. Kaé vit que Seishû, comme sa mère, pleurait sans larmes. Seul le gros grain de beauté de son cou était agité d'un tremblement rapide.

L'année se terminait. Dans la maison, pourtant, nul ne songeait à préparer les fêtes du nouvel an. Un jour, Otsugi vint voir son fils, et tout en observant sa réaction, lui dit :

— Puisqu'elle insiste tant, ne pourriez-vous pas lui donner de ce baume antalgique à la place de l'onguent ?

— Il serait sans effet dans son cas.
— Mais juste pour lui faire plaisir...
— Chercheriez-vous à la tuer, mère ?
Devant une telle fureur, Otsugi, toute décontenancée, ne sut que répondre :
— Comment ? La tuer ? Qui penserait à tuer sa propre fille ? Si cela pouvait servir à quelque chose, je donnerais volontiers ma vie en échange de la sienne ! Vous pensez sérieusement ce que vous avez dit ?
— Si on lui fait un emplâtre de ce médicament, Okatsu cherchera certainement à l'avaler. Ne voyez-vous donc pas que c'est là son intention ?
Otsugi, le souffle coupé, le visage décomposé par l'horreur, regarda son fils. Celui-ci regrettait sans doute déjà sa brusquerie. Il sembla décidé à se confier à sa mère, et reprit avec son calme habituel :
— On affirme que toute intervention chirurgicale sur le sein de la femme est mortelle. On trouve pourtant quelques rares exemples de guérison dans la littérature. Voici d'ailleurs quelques lignes que j'ai relevées, durant mon séjour à Kyôto, dans le journal de voyage de Nagatomi Dokushôan : il relate ce qu'il a entendu dire des succès chirurgicaux du docteur Van Tanno, un médecin hollandais. Lisez cela.
Seishû avait tiré des rayons un gros cahier, qu'il avait rapporté de Kyôto, et, après avoir retrouvé la page grâce à un signet de papier, il montra du doigt le passage en question :
« Le cancer du sein est incurable. C'est, paraît-il, ainsi depuis l'Antiquité. Or, il existe dans la littérature hollandaise des références à des cas où l'on a obtenu une guérison complète, parce que l'on avait décelé de bonne heure la présence d'une excroissance, et que, alors que celle-ci était encore

de taille minuscule, on avait incisé le sein pour l'extirper, puis suturé la plaie. Ce sont des indications à méditer. Je ne les ai pas encore pour ma part mises en pratique. Si je rapporte ce renseignement ici, c'est qu'il peut servir de précédent à ceux qui nous suivront. » Pour nous, le cancer du sein est incurable, mais les Cheveux-Rouges [1], eux, disent que l'ablation de la tumeur, lorsqu'elle est encore petite, peut conduire à la guérison, d'après ce qu'il rapporte. Il trouve ça très intéressant, mais comme il n'ose pas se risquer à en faire lui-même l'expérimentation, il se contente de la mentionner pour les générations de médecins à venir. C'est ce qu'il dit, n'est-ce pas ? Depuis qu'Okatsu est alitée, j'ai sans cesse ce passage présent à l'esprit. Mais chez elle, la tumeur est déjà de la taille d'un poing, et les ganglions de l'aisselle sont si enflés qu'ils bloquent l'épaule. Enlever un sein ne suffirait pas. Et surtout, elle est très affaiblie. Dans n'importe quelle opération, ce sont la douleur et l'hémorragie qui épuisent le malade avant tout. Si encore mon anesthésique était au point !

— Je le croyais déjà prêt, cet anesthésique. Est-ce que vos chats et vos chiens ne sont pas sortis du coma et redevenus capables de marcher ? Voilà déjà un moment que nous n'avons plus eu à enterrer d'animaux dans la cour.

— Le corps humain est différent du leur, mère. Et je ne suis pas encore au stade où je peux l'expérimenter sur le corps humain. D'ailleurs, je ne vois pas sur qui je pourrais l'essayer. Je comprends qu'il vous soit insupportable de devoir

1. Équivalent japonais de l'expression « Longs-Nez » par laquelle les Chinois désignaient les Européens. *(N.d.T.)*

laisser mourir votre fille ; mais pour moi, il est bien plus pénible de rester impuissant devant elle en tant que médecin, que de voir mourir ma propre sœur. Je suis finalement incapable d'égaler Hua Tuo. Cette idée me rend malade de dépit, j'enrage. Essayez de me comprendre.

La conversation fut soudain interrompue par des cris qui s'élevaient dans le jardin.

— Frère aîné ! Frère aîné !

La clameur était celle des voix de Tane et des autres.

— Qu'est-ce qu'il y a ?

Seishû se mettait debout lorsque Yonejirô entra bruyamment, un chat blanc dans les bras.

— Maître ! Byakusen..., balbutia-t-il, essoufflé.

— Qu'est-ce qu'il a ?

— Il est tombé tout seul du plancher de la véranda, il s'est cogné la tête, et le voilà.

La bête était ensanglantée : ses yeux, ses narines, sa bouche dégouttaient de sang. Une fois posé sur le sol, il eut une légère convulsion, puis resta immobile.

— Il est vraiment tombé tout seul ?

— Oui, Maître. Il avait déjà une démarche incertaine. Mais en arrivant au bord de la véranda, il a perdu l'équilibre, et il est tombé la tête la première, comme une masse.

Les chats étaient pourtant des animaux si vifs, si légers, si souples, que, même saisis par la peau du cou et projetés dans les airs, ils étaient capables de retomber parfaitement sur leurs pattes. Et celui-ci, tombé d'une hauteur dérisoire, en était mort.

On lui avait administré une dose d'anesthésique une dizaine de jours auparavant. Pendant trois jours, il avait dormi comme une souche, sans même réagir lorsqu'on le piquait avec une mèche à bois.

Son pouls était resté normal. A son réveil, on lui avait fait boire de l'eau salée, et il avait commencé à marcher aussitôt, quoique d'une façon mal assurée. Il avait accueilli avec un appétit presque normal le potage de riz et de poisson, mais une souris pouvait lui frôler le museau, il restait totalement impassible. Cela démontrait clairement l'effet toxique de l'anesthésique sur le cerveau.

Kaé, attirée par le tumulte, les rejoignit aussitôt. Son mari et sa belle-mère gardaient le silence devant le cadavre de l'animal. Ils en avaient pourtant vu d'autres, mais celui-ci prenait une signification différente, terrible, et ils en restaient pétrifiés.

Okatsu mourut le vingtième jour de la nouvelle année. En fait la famille était déjà en deuil bien avant cette date, et le jour de l'an, même Ryôhei n'avait pas le cœur à reprendre du *zôni* [1]. A vrai dire, il avait beau avoir assisté à toute la maladie et à l'agonie de sa sœur, il n'avait pas pour autant une conscience très nette de ce qu'était la mort. Pour ne pas rester confiné dans cette maison endeuillée, il passait le plus de temps possible à courir dans les champs avec ses camarades.

Et un jour, il revint en disant :

— Les gens racontent que la mort de Sœur aînée, c'est une punition envoyée par les chiens et les chats que nous avons tués.

— Voulez-vous vous taire ! Ne répétez jamais une chose pareille, je vous l'interdis.

Otsugi lui avait immédiatement coupé la parole,

1. *Zôni* : potage rapidement préparé et servi en premier repas de la nouvelle année : dans un consommé à base de poisson râpé, on fait tremper des morceaux de poulet, des légumes préalablement bouillis, et du riz glutineux que l'on a cuit et pilé à l'avance, avant la fin de l'année écoulée, et que l'on grille avant de l'ajouter au potage. *(N.d.T.)*

comme par réflexe. Son visage avait viré au bleu, comme si elle s'était penchée au-dessus d'une jarre de céramique indigo.

Bien sûr, ils n'avaient jamais négligé de prier pour le repos des âmes des animaux qu'ils enterraient sous le plaqueminier. S'il y avait maléfice, il était bien plutôt dû, de l'avis déclaré des femmes de la maison, aux âmes errantes qui semblaient avoir abandonné la dépouille encore vivante de toutes les bêtes qui, ces jours derniers, rôdaient d'une démarche incertaine dans la maison, le cerveau ravagé par l'anesthésie dont ils se relevaient, hagards comme des revenants. On connaissait les rites propres à apaiser les mânes des animaux morts, mais quelle consolation apporter à ceux qui étaient mi-morts, mi-vivants ? Si Seishû apprenait que de telles idées couvaient au sein même de sa propre famille, cela ne manquerait pas de le troubler. Aussi Kaé s'efforça-t-elle de les chasser de son esprit, et dit à son jeune beau-frère :

— Ce sont des histoires qui ne tiennent pas debout. Si c'était vrai, Koben ne serait pas née et n'aurait pas grandi en si bonne santé.

Elle se mordit la langue, mais trop tard. Un éclair bleu avait fulguré dans le regard d'Otsugi, l'espace d'un instant, et son visage était devenu livide. Kaé comprit que, pour sa belle-mère, ses paroles avaient pris un sens triomphant, et qu'elle était convaincue, dans son délire d'orgueil maternel blessé, que sa bru se faisait gloire d'avoir été épargnée par une malédiction qui avait frappé sa propre fille. Otsugi savait bien qu'elle déraisonnait, et pourtant...

Elle s'abstenait désormais de tout commentaire. Mais depuis la mort d'Okatsu, son animosité envers Kaé s'était accentuée. Cette dernière, quant à elle, s'imaginait que le fait d'être mère elle-même lui permettait de comprendre la souffrance d'Otsugi, et se sentait prête à compatir sincèrement avec elle, et à oublier ses vieilles rancunes. Mais Otsugi, en revanche, lui opposait un mur de haine silencieuse que venaient renforcer toute la rage et tout le dépit impuissant que suscitait en elle la mort d'Okatsu. Kaé ne pouvait plus l'approcher. Durant toute la préparation des funérailles, elles n'avaient pas échangé une parole. C'était Koriku qui servait d'intermédiaire. Cette dernière allait avoir trente ans, et avait elle aussi dépassé l'âge du mariage.

Shimomura Ryôan, même une fois installé comme médecin à Myôji, n'avait jamais manqué de venir régulièrement prendre des nouvelles de la famille de son maître défunt, et pour la veillée funèbre, il était là, vêtu comme l'exigeait la circonstance, et c'était lui qui s'était chargé de prendre les dernières dispositions à la place des parents accablés.

Les visiteurs venus présenter leurs condoléances ne s'étaient pas étonnés de voir Otsugi dans un tel état, mais ils avaient été frappés de constater à quel point Seishû semblait prostré. A croire qu'il avait autant souffert que la défunte : vieilli et amaigri, il faisait beaucoup plus que ses trente-trois ans, et aux yeux de Ryôan, il évoquait Naomichi dans ses dernières années. Après avoir reconduit les derniers visiteurs, Ryôan n'avait pu s'empêcher de venir consoler Seishû, qui était resté devant le cercueil d'Okatsu.

— Vous ne vous résignez pas à l'avoir perdue, et c'est bien normal. Mais si vous laissez le chagrin vous ronger au point d'en tomber malade, la morte en sera attristée. Dites-vous que c'était écrit, que vous n'y pouviez rien !

L'angle des paupières de Seishû s'était ouvert

brusquement, et, avec un regard farouche, il avait répondu :

— Crois-tu qu'un médecin soit un bonze, pour s'en remettre au destin ? Quelle que soit la maladie dont meurt un patient, la faute en revient au médecin qui n'a pas su le sauver. C'est moi qui ai tué Okatsu. Tu m'entends, c'est moi ! Je l'ai laissée mourir par incompétence. Tu comprends pourquoi je souffre ?

Sa voix était forte et douloureuse, et bientôt il s'était mis à vociférer avec une puissance à faire se soulever le couvercle du cercueil qui se trouvait devant lui.

Ryôan et les élèves présents en avaient été secoués et atterrés. Les élèves avaient préféré s'esquiver. Parmi eux se trouvait Yûtei, qui, dans des discussions hors de la présence du maître, avait été d'avis que, puisque la malade était condamnée de toute façon, il fallait intervenir chirurgicalement, ne fût-ce que pour l'avancement de la science, et que c'était là le devoir d'un médecin. Il venait de comprendre qu'avant d'opérer un être humain, il fallait être sûr de pouvoir le faire survivre. Shimomura Ryôan était rentré à Myôji, visiblement attristé d'avoir commis une telle maladresse.

10

Le printemps était revenu, doux et paisible. Kaé rinçait le linge au bord du puits. Les chants d'oiseaux et le ruissellement de l'eau sur ses mains et dans le baquet, sous le soleil déjà chaud de ce début de saison, lui emplissaient le cœur d'un optimisme vague.

Le souvenir des années désastreuses de Temmei était maintenant bien loin. A l'époque, Kagon'in, le seigneur du Kishû, maintenant retiré, avait épuisé ses réserves de riz en venant au secours de la population, et avait dû pendant six ans imposer à tous ses vassaux un régime de demi-solde. Ces temps étaient révolus : son héritier et successeur, Harutomi, régnait depuis dix ans déjà. Kaé ne le connaissait pas, alors qu'elle avait eu l'occasion de servir à table l'ancien seigneur, lorsqu'il avait séjourné à l'hôtel de Nate. Par contraste avec la sobriété de ce dernier, il semblait que Harutomi, lui, aimât le luxe, d'après ce qu'on en racontait. Et comme on sait, le peuple suit l'exemple de ses maîtres. Une fois éloigné le spectre de la famine, lorsque les bonnes récoltes avaient recommencé à se succéder, les habitants de Nate s'étaient empressés d'oublier l'austérité. Les Hanaoka eux-mêmes, qui avaient pourtant toujours vécu très sobrement, avaient fini par se laisser quelque peu entraîner dans le courant du temps, et, lors du mariage des deux filles cadettes, ils avaient fait un gros effort pour les pourvoir d'une dot et d'un trousseau convenables. Ils avaient bien sûr déjà atteint à ce moment-là une certaine aisance, mais cela avait tout de même représenté une lourde charge.

Koriku avait totalement renoncé à se marier. Otsugi s'était dépêchée de conclure le mariage de ses deux dernières filles, aussitôt qu'on avait demandé leur main, pour leur éviter de suivre le destin de leurs aînées. Seishû était maintenant assez célèbre dans le pays, et la benjamine était entrée dans une famille d'un district éloigné, l'Amagun.

La famille ne comptait plus que cinq membres. Le puîné, son apprentissage terminé, s'était installé comme commerçant près de chez ses grands-parents maternels. Le cadet semblait promettre beaucoup, et on lui avait déjà réservé le poste de prieur du Shôchiin, un monastère du mont Kôya. Ryôhei était, depuis maintenant quatre ans, à Kyôto, où il étudiait. Cette fois, ni Kaé ni les autres femmes n'avaient à subvenir à ses besoins.

Mais le nombre des élèves de Seishû avait augmenté, aussi avait-on été pendant un certain temps à l'étroit dans la petite maison. On avait bientôt pu l'agrandir, car la plupart des élèves payaient une pension. Avec ses ailes rapportées à la hâte, sans grand soin il est vrai, et une domestique chargée de s'occuper des repas et du linge des étudiants, la maison des Hanaoka commençait à prendre une allure un peu plus cossue, plus digne de la demeure d'un médecin connu. Kaé aurait pu mener l'existence oisive d'une maîtresse de maison aisée, et passer, comme Otsugi, le plus clair de son temps entre le miroir de sa coiffeuse et son coffre à kimonos, mais, jouissant d'une santé robuste, elle n'aimait rien tant, s'il faisait beau, que tremper ses mains dans l'eau en plein soleil. Tandis qu'elle frottait avec énergie les vêtements sales de son mari, dans le baquet plein d'eau de lessive à la cendre, elle se sentait débarrassée du souvenir de la méchanceté sournoise de sa belle-mère. Elle avait pris racine dans cette maison, elle ne vacillait plus au moindre mouvement de sourcils d'Otsugi, et elle avait, avec les années, développé une certaine capacité à esquiver dès qu'elle sentait venir une occasion d'affrontement gênant. Toutes deux vivaient sous le même toit sans se porter une grande tendresse, mais après tout, c'était plutôt naturel, se disait-elle avec philosophie. Les gestes et les mots ne trahissaient rien, mais il devait en aller ainsi dans toute maisonnée. Si une belle-mère et une bru se manifestaient de l'affection, c'était sans doute qu'elles se dupaient mutuellement avec habileté. Dans cette maison-ci, malheureusement, Otsugi était trop fine, et Kaé trop peu adroite, d'où des situations inextricables. Mais on se faisait à tout. Elle rinça une dernière fois le linge, l'essora vigoureusement, et, se relevant, vida d'un coup le lourd baquet.

— Maman, papa joue avec le chat ! Venez voir, c'est amusant ! vint lui dire Koben, qui repartit aussitôt en courant dans le jardin.

Effectivement, cela faisait un moment qu'elle percevait le bruit d'une joyeuse animation. Avec un chat ?... Intriguée, elle s'approcha de la porte d'entrée en s'essuyant les mains sur son tablier, et, par-delà la bande de terre battue, jeta un coup d'œil dans le jardin devant la maison.

Là, entouré de tous ses élèves, Seishû riait

comme un fou, un chat dans les bras. Cela étonna fort Kaé qui, depuis la mort d'Okatsu, ne l'avait jamais vu d'une humeur aussi gaie.

Yonejirô la vit, et vint vers elle, l'air hilare.

— Mafutsu atterrit parfaitement, dit-il, haletant d'avoir trop ri.

Kaé ne comprit pas tout de suite ce que cela signifiait. A ce moment-là, Seishû l'aperçut, et lui dit :

— C'est toi, Kaé ? Regarde ça : et hop là !

Il lança le chat aussi haut qu'il put. La bête se contorsionna un instant dans les airs en miaulant et atterrit avec élégance sur ses quatre pattes. Il n'y avait apparemment rien là d'extraordinaire, pour un chat. Mais celui-ci venait de passer trois jours dans le coma. Il y avait déjà plusieurs années que Byakusen était mort en tombant de la véranda. Ce qui se passait maintenant annonçait sans doute que Seishû, après plus de dix ans d'efforts acharnés, approchait du but. Kaé comprit enfin, et resta frissonnante, muette d'émotion. Otsugi et Koriku arrivèrent, et Seishû fit répéter au chat la même pirouette.

— J'ai été bien inspiré de l'appeler Mafutsu ! C'est le diminutif de Mafutsuyu, la potion anesthésique du médecin Hua Tuo. N'est-ce pas, mère ?

— C'est une grande réussite ! Toutes mes félicitations. Si votre père vivait encore, quelle joie il éprouverait !

— Mais non, mais non ! Ce n'est jamais qu'un chat qui a bien récupéré. On ne peut pas appeler ça une grande réussite. Le chat n'est pas l'être humain. La dose admissible pour un animal de cette taille est trop faible pour l'homme. Mais il faut encore savoir jusqu'où on peut augmenter la dose applicable à l'homme sans l'intoxiquer irrémédiablement. C'est seulement maintenant que commence la véritable difficulté.

Son expression s'était assombrie. Il devait se demander comment il allait bien pouvoir procéder à l'expérimentation sur l'être humain. Intelligente comme elle l'était, Otsugi avait certainement deviné ce que pensait son fils. Elle lança un regard appuyé à Kaé qui, silencieuse, goûtait le plaisir de voir son mari heureux, et disparut sans mot dire dans les profondeurs de la maison. Kaé se demanda un instant pourquoi sa belle-mère avait eu l'air de trouver déplacée la joie qu'elle ressentait, mais une longue habitude l'avait rendue peu à peu indifférente à ses manifestations d'humeur. Et pourtant, comme malgré elle, elle se reposa la question à plusieurs reprises au cours de la journée. Qu'y avait-il de mal à se réjouir du rétablissement complet de Mafutsu ? Elle ne tarda pas à l'apprendre.

Un soir, pendant que Kaé aidait son mari à changer de vêtements dans sa chambre, Otsugi tira doucement une des portes coulissantes et entra sans bruit. Il était déjà tard dans la nuit, et alors que l'instant d'avant elle était heureuse d'un échange muet d'affection conjugale, Kaé resta pétrifiée devant cette intrusion, paralysée de dégoût et de honte, comme si elle s'était soudain rendu compte que sa belle-mère les observait à leur insu. Otsugi feignit de l'ignorer, s'assit devant Seishû d'un air résolu, et dit :

— Voulez-vous m'écouter, Umpei-san ? Je viens vous parler après mûre réflexion.

— Mais, pourquoi cet air cérémonieux, mère ?

— Je suis allée toute la journée d'aujourd'hui sur la tombe de votre père pour consulter ses mânes.

J'ai cru l'entendre me dire que, s'il avait vécu, il vous aurait offert le même service.

— De quoi s'agit-il, mère ?

— Utilisez-moi pour expérimenter votre infusion anesthésique.

Seishû ne fut pas le seul à être surpris. Kaé sursauta, et, le souffle coupé, regarda, l'un après l'autre, son mari et sa belle-mère.

— Vous me surprenez, mère.

Seishû répondait avec un rire dans la voix, visiblement décidé à ne pas tenir compte d'une telle proposition.

— Voilà en effet une chose bien grave ! Et au milieu de la nuit ! Vous m'avez fait peur. Allez donc dormir tranquille, sans vous faire de souci pour moi.

— Non, mon fils.

Otsugi dit cela d'un ton ferme et continua :

— Dans la recherche que vous avez entreprise, il ne reste plus qu'à essayer l'infusion sur l'homme. Ceux qui ne s'en aperçoivent pas alors qu'ils vivent à vos côtés sont des imbéciles. C'est moi qui vous ai mis au monde. Je sais donc mieux que quiconque ce que vous souhaitez.

Kaé avait l'impression qu'Otsugi venait de lui déchirer les oreilles : celle « qui ne s'apercevait pas de ça tout en vivant aux côtés de Seishû », c'était elle, sans erreur possible. Otsugi, elle, l'avait mis au monde, et « savait mieux que personne »... Elle cherchait manifestement à la remettre à sa place en lui faisant comprendre sa supériorité de mère dans tout ce qui touchait à la compréhension de son fils.

L'instant d'après, Kaé intervenait avec une force inhabituelle :

— Mais c'est hors de question. C'est moi qui servirai à cette expérimentation. Il y a déjà fort longtemps que je m'y étais secrètement décidée. Vous l'essaierez sur moi, mon ami.

Otsugi la regarda d'un air glacial.

— Hors de question ? C'est votre projet qui l'est, je vous l'affirme. S'il arrivait quoi que ce soit de fâcheux à notre chère bru, de quoi aurais-je l'air ? Au lieu d'avoir des scrupules à me laisser courir ce risque, et d'intervenir dans une affaire comme celle-ci, gardez votre précieuse vie et soyez témoin de la prospérité de notre famille.

— Que dites-vous ? C'est plutôt moi qui ne pourrais plus alors affronter le regard des autres. Comment pourrais-je rester sereine en laissant ma chère belle-mère avaler ce médicament ? C'est moi qui assumerai ce rôle à tout prix.

— Ah non ! Étant donné l'âge que j'ai, il ne me reste que peu de temps à vivre. Votre père m'a laissée seule derrière lui, et mes enfants, tous grands maintenant, n'ont plus besoin de moi. Umpei a à ses côtés une épouse irréprochable. Je n'ai donc plus de raison d'être. Ma vie n'a d'ailleurs été faite que de regrets depuis la mort d'Okatsu, que j'ai bien pensé suivre aussitôt dans la tombe. Plutôt que de vivre mal à l'aise parmi les jeunes dans cette maison dont le maître n'est plus mon mari, je préférerais aller le rejoindre. Cela fait un moment que j'y pense. Mais si ce corps inutile peut encore servir à mon fils, rien ne pourra me faire plus plaisir. Vous, il vous reste encore à remplir l'important devoir de mettre au monde l'héritier de notre famille. Tant que cette tâche n'est pas accomplie, vous ne devez pas vous exposer au moindre risque.

Quiconque ignorait leur conflit secret aurait pu prendre ce dialogue entre bru et belle-mère pour une course à l'abnégation. Mais Kaé ressentait chacune des épines cachées dans les phrases d'Otsugi. Elle la qualifiait d'épouse irréprochable par pur sarcasme, et cependant ne manquait pas de la rappeler, comme immédiatement après la naissance de Koben, au devoir de mettre au monde un héritier mâle. Koben avait déjà dix ans. Depuis, Kaé n'avait plus eu de signe de grossesse. Elle se sentait encore une dette envers les autres membres de cette famille. Et Otsugi retournait le couteau dans la plaie. Kaé sentit son sang-froid l'abandonner.

— Que l'épouse qui n'aura pas donné naissance à un fils en trois ans de mariage s'en aille, dit-on. Je ne suis bonne à rien, puisque je n'ai mis au monde qu'une fille. Pourquoi devrais-je tenir à la vie ? Vous vous servirez de moi, mon ami. Qui donc pourrait laisser une personne âgée faire une chose pareille ?

Feignant l'humilité, Kaé soulignait l'âge d'Otsugi, alors que celle-ci tirait toute sa fierté de ce qu'elle ne le paraissait pas.

— En effet, je ne suis qu'une vieille femme qui ne sert plus à rien. Mais ayant mis au monde sept enfants, j'ai une santé de fer. Je serai utile à n'importe quelle expérimentation.

— Une bru n'a pas le droit de laisser faire une chose pareille à sa belle-mère. C'est moi qui servirai, et non vous.

— Ce qui est vrai pour la bru l'est également pour la belle-mère. Et comme c'est moi qui ai eu cette idée la première, ce sera moi qui servirai.

Elles reprenaient sans fin les mêmes arguments. Mais celui qui ne put supporter davantage cette lutte sournoise, ce fut Seishû. Il se laissa brusquement tomber en arrière sur la couche, et hurla comme une bête sauvage. Tous ceux qui dormaient dans la maison furent réveillés, tant sa voix était assourdissante.

— Arrête ! Tu as fini, non ?

Il gronda d'abord sa femme, puis, se tournant vers sa mère, lui dit :

— Comment ? Il ne vous reste que peu de temps à vivre, et vous ne regretterez pas de perdre la vie ! Vous êtes donc si sûre que ça de mourir en avalant mon anesthésique, mère ?

Dans son regard se lisait la rage du médecin. Les deux femmes s'étaient tues, confuses : uniquement soucieuses de s'assurer le beau rôle dans le sacrifice, elles en avaient complètement oublié la confiance avec laquelle Seishû menait alors ses recherches.

— Je vous demande pardon, dit immédiatement Kaé en s'inclinant.

— Quelle sottise j'ai commise ! Pardonnez-moi, mon fils.

Otsugi s'était reprise aussi. Seishû, retrouvant bientôt son naturel sans rancune, leur dit :

— Allez dormir tranquilles, toutes les deux. J'ai les paupières lourdes.

Il essaya de les renvoyer de sa chambre en adoptant un ton de plaisanterie, mais ni Otsugi ni Kaé ne semblaient vouloir bouger, à croire qu'elles avaient pris racine.

— Si vous avez à ce point confiance en vous, il n'y a vraiment pas à hésiter. Vous vous servirez de moi, mon fils.

Otsugi, s'approchant davantage de Seishû, essayait maintenant de le décider définitivement.

— Non, vous vous servirez de moi, dit Kaé.

— Je ne peux pas laisser notre bru faire cela.

— Mais pourquoi donc ? Si nous nous servons de notre mère, que dira-t-on de mon mari !

— On ne reprochera rien à Umpei, puisque c'est moi qui l'exige.

— Mais, je vous dis que c'est moi...

— Oseriez-vous tenir tête à votre belle-mère ?

— Dans certaines circonstances, il m'est permis de m'opposer à votre avis sans contrevenir à mon devoir d'épouse.

Elles pouvaient maintenant se livrer bataille sans craindre les reproches. Elles échangeaient des coups, chacune sous couleur de sauver la vie de l'autre. L'enjeu du conflit, assumer seule tout le sacrifice, leur paraissait sublime. Tout en dissimulant des pointes dans chacune de leurs paroles, elles poursuivaient le duel, ivres d'abnégation.

Lorsque Seishû affirmait qu'elles ne risquaient pas leur vie en absorbant cette infusion, les deux femmes ne mettaient nullement sa parole en doute. Et pourtant, Mafutsu, le chat qui avait servi à l'expérimentation, avait d'abord eu l'air de bien récupérer, et de folâtrer comme auparavant d'une manière qui faisait plaisir à voir. Mais depuis, il avait perdu sa belle agilité. Il somnolait toute la journée au soleil, et ne réagissait même plus à une souris venant lui frôler les moustaches. Ce chat incapable de chasser paraissait bizarre. Et pas seulement lui : de nombreux chiens et chats qui avaient subi le même traitement rôdaient dans la maison et dans le jardin d'une démarche lente et incertaine comme celle de revenants. Aussi le danger d'une telle expérimentation devait-il être énorme, puisqu'on ignorait encore quels organes du corps humain étaient les plus vulnérables aux produits utilisés.

Seishû regardait avec indignation les deux femmes faire assaut d'héroïsme. Il comprenait parfaitement qu'il n'était pas en position de jouer les arbitres. L'antagonisme qui dressait la femme qui l'avait mis au monde contre celle qui mettait au monde ses enfants avait des racines trop profondes, devant lesquelles la chirurgie kasparienne restait impuissante. Le mari qui ne pouvait pas le supporter n'avait plus qu'à hurler, et c'était ce que Seishû avait fait. Mais la querelle dont il était témoin le ramenait progressivement à son ambition de chercheur, et finalement, lorsque celle-ci eut pris le dessus, il dit d'une voix rauque et contractée :

— Bon, j'accepte votre proposition.

Tandis qu'il disait cela, ses yeux luisaient, mais pas sous l'effet des larmes. Ses gros sourcils exprimaient sa ferme intention de voir exaucer ses vœux de longue date. Le grain de beauté sur sa gorge restait immobile.

— Vous me rendrez ce service toutes les deux. De toute façon, j'avais besoin de quelqu'un.

Kaé se sentit délivrée, tout à coup sans force, et eut un instant de vertige, cependant qu'Otsugi, pour avoir le dernier mot, disait à son fils :

— Si vous nous utilisez toutes les deux, vous commencerez par moi.

Ils décidèrent de ne mettre personne d'autre au courant de ce projet. Même à Koriku, ils racontèrent qu'on se résolvait enfin à traiter la maladie dont Otsugi souffrait depuis si longtemps. Ainsi, cela devait rester un secret entre trois personnes, Seishû, Otsugi, et Kaé.

Comme Seishû avait pris tout le temps nécessaire pour obtenir une infusion ayant des propriétés satisfaisantes, il n'entreprit l'expérimentation en question qu'un mois plus tard. Le jour précédent, Otsugi fit bouillir de l'eau et se lava les cheveux soigneusement. Kaé, s'en apercevant en allant vers le puits, pensa d'abord l'aider à se rincer les cheveux, mais elle resta pétrifiée en découvrant combien ceux-ci étaient devenus courts. La chevelure dont Otsugi était si fière faisait maintenant pitié à voir, et ne descendait plus qu'à hauteur d'épaule. Kaé se rappela le jour où, deux ans auparavant, ils avaient, quoique de façon modeste, fêté ses soixante ans.

Ce jour-là, les cheveux d'Otsugi, entretenus à l'aide d'une recette dont elle gardait jalousement le secret, étaient uniformément noirs, comme s'ils venaient d'être teints. Elle n'avait sûrement laissé échapper aucun cheveu blanc, à force de recherches méticuleuses et patiemment répétées. Même les femmes dans la trentaine comme Kaé avaient quelques cheveux blancs malgré le soin qu'elles mettaient à les arracher dès qu'elles les trouvaient : Kaé avait constaté avec étonnement, admiration et dépit, que même par sa chevelure, une véritable beauté défiait le temps. Et voilà qu'elle découvrait que cette chevelure était devenue courte. Elle avait cessé de croître. Cela lui fit appréhender de façon quasi physique l'âge réel de sa belle-mère, et elle pensa de nouveau avec un frisson à la gravité de son entreprise.

Otsugi, les épaules et le dos presque entièrement dénudés, rinçait ses cheveux dans de l'eau chaude qu'elle changeait à chaque fois. Dans cette eau mêlée d'un empois d'algues et de jus de liane, ses cheveux courts mais noirs flottaient comme quelque chose de vivant et s'enroulaient autour de ses doigts fins qui les frottaient. Kaé l'observait sans bouger. La scène avait quelque chose d'impressionnant, comme les préparatifs d'un suicide. Malgré les assurances de Seishû, Otsugi s'apprêtait à l'éventualité de sa mort sans en parler à personne. Kaé éprouva un sentiment solennel et dut réfléchir à sa propre situation au cas où cette éventualité se produirait réellement. Si une mère se sacrifiait pour son fils et que son épouse survivait, celle-ci, c'est-à-dire Kaé, entendrait toute sa vie chanter les louanges de sa belle-mère. Mais elle allait subir sous peu l'expérimentation suivante. Très bientôt elle se laverait les cheveux comme sa belle-mère. A cette pensée, elle crut lire sur le dos d'Otsugi une intention de l'entraîner avec elle dans la mort. Elle frémit d'horreur.

Elle en voulait pour preuve le fait que sa belle-mère avait choisi pour faire cette proposition à son fils un moment où elle se trouvait là. Elle comprenait seulement maintenant qu'Otsugi avait eu cette intention secrète, et elle se demanda s'il existait au monde une femme plus effroyable que celle qui se rinçait calmement les cheveux devant elle.

Koriku arriva avec un seau plein d'eau chaude. Otsugi lui avait donné l'ordre, ainsi qu'à la bonne, de faire bouillir une grande quantité d'eau. Un chien tacheté, nommé Kiba, venait de sortir de la cuisine, sans doute chassé par Koriku, et arrivait aux pieds de Kaé. Il poussa un grognement à la vue de quelque chose. Ce fut à ce moment-là que Kaé, encore sous le choc de sa découverte récente, se retourna et fit un pas en direction de la maison. Elle sentit que son pied droit écrasait quelque chose de mou, et Kiba sursauta avec des cris déchirants. Aussitôt elle recula vivement, mais trop tard. Le chien tourbillonna à une vitesse telle que son pelage se confondit avec la couleur du sol, poussa un dernier hurlement aigu et s'effondra la gueule pleine de sang.

Devant ce spectacle, Koriku se couvrit le visage des deux mains en gémissant. Elle avait lâché le seau, dont l'eau inondait maintenant le sol là où elles se trouvaient. Kaé resta muette de surprise. Frappée de stupeur, elle se tenait toute raide en constatant qu'elle avait effectivement écrasé le chien sous ses pas. Elle était paralysée au point de ne pouvoir fermer les yeux pour prier pour l'âme de la bestiole.

— Voyons, qu'avez-vous fait, Kaé, surtout à un moment pareil ? Comment avez-vous pu provoquer une scène aussi cruelle sous mes yeux, et cela un jour aussi spécial qu'aujourd'hui ?

Kaé se ressaisit enfin en entendant les violents reproches que lui adressait Otsugi, qui, livide, laissait l'eau de ses cheveux lui ruisseler sur les joues.

Le lendemain matin, de bonne heure, la literie d'Otsugi fut transportée dans la salle de travail de Seishû. Vêtue d'une chemise de nuit, elle s'étendit calmement sur la couche qu'avait préparée sa bru. Elle ne s'était pas coiffée depuis la veille : elle avait simplement peigné ses cheveux en y appliquant de l'huile. Il était d'usage, chez les femmes de l'époque, de ne pas se coiffer lorsqu'elles s'alitaient, car une malade risquait d'envoyer promener son oreiller. Afin d'empêcher ses cheveux de se répandre de façon disgracieuse, elle les avait maintenus en place par un cordon de pongé bleu qui les enserrait du front à la nuque, assez bas autour du crâne. Cela aussi était parfaitement dans les règles. Les bouts du cordon, noués en une seule boucle, retombaient élégamment de sa tempe gauche.

Seishû avait fait infuser lui-même la préparation. Ils étaient tous les trois seuls dans la salle. Prenant une grande tasse dans ses deux mains, Otsugi demanda à son fils :

— En combien de temps cette infusion agit-elle ?

— Cela dépend des personnes, mais il faudra moins de quatre heures pour qu'elle fasse effet.

— Ah ! vraiment ?

Sous les regards de son fils et de sa bru qui semblaient retenir leur souffle, Otsugi termina d'un seul trait le liquide que contenait la tasse : elle avait le profil solennel d'une martyre.

— Ce n'est pas aussi amer que je le craignais.

— L'infusion contient des plantes sucrées [1] pour faciliter l'absorption.

— S'il suffit de boire un tel breuvage et de dormir, cela n'a vraiment rien de bien difficile !

— Mais c'est aussi un médicament assez dangereux. Veuillez donc vous coucher tout de suite et rester calme.

— Oui, mais avant, j'ai quelque chose à vous dire, mon fils.

— Qu'est-ce que c'est ?

— Quand Ryôhei sera de retour, vous l'adopterez comme héritier.

— Vous voulez que j'adopte mon petit frère ?

— Oui, c'est cela. L'absence d'héritier de la famille est toujours restée mon principal souci. Je ne pense pas qu'un médicament aussi doux me tuera, mais cela me préoccupait depuis fort longtemps. Ayez la gentillesse de prendre cette décision à l'instant même.

— Bon, d'accord. Puisqu'il fait aussi des études de médecine, il sera un héritier digne de moi.

— Merci. Je suis rassurée de l'avoir entendu de votre bouche.

Otsugi s'étendit doucement et pendant un long moment elle essaya de disposer ses cheveux et le

1. Glycyrrhizine. *(N.d.T.)*

nœud de son ruban de la façon la plus seyante possible, puis elle ferma enfin les yeux comme son fils le lui recommandait.

— Si vous ressentez un malaise ou si vous avez mal au ventre, dites-le tout de suite. Kaé ou moi-même serons là sans faute.

Elle, sans un mot, fit un signe de tête à peine perceptible. Elle essayait sans doute de calmer son excitation et de ne faire aucun effort inutile, pour obéir aux injonctions de son fils, mais son souci de conserver une apparence gracieuse même en un tel instant semblait à Kaé du plus haut ridicule. Sa réussite était cependant complète : Kaé n'arrivait pas à reconnaître dans cette dormeuse aux traits vieillis mais toujours beaux, celle qui, la veille, lui avait lancé un regard haineux tout en se lavant les cheveux.

On pouvait, bien sûr, discerner de petites rides en pattes d'oie autour de ses yeux. Mais elle restait tout de même une belle femme, surtout si l'on tenait compte de son âge ; Kaé se voyait obligée de le reconnaître, non sans dépit, d'autant plus qu'elle avait pu constater, deux ans auparavant, les marques profondes de la vieillesse sur le masque de mort de sa propre mère. Une fois de plus, elle se demandait ce qui avait conservé à Otsugi tant de beauté juvénile. Les soins qu'elle se prodiguait à cette fin suffisaient-ils par eux-mêmes à lui épargner la vieillesse ? Kaé se disait qu'Otsugi devait avoir d'autres sources de jouvence.

C'était le moment de la matinée où les malades commençaient à se présenter. Seishû dut donc les rejoindre à la salle de consultation, voisine de la pièce où il laissait sa mère et sa femme. L'infusion n'avait même pas commencé à faire son effet. Otsugi gardait les yeux fermés, et Kaé se taisait.

Dans cette petite pièce de six tatamis, régnait un silence pesant. Jusqu'à quelques jours auparavant, elle avait hébergé au moins un, sinon plusieurs animaux, chiens et chats, dans le coma, qui dormaient sur des matelas de paille. Mais ce jour-là, les deux femmes n'entendaient que leur propre respiration. Les expérimentations que l'on avait effectuées dans cette salle y avaient laissé un mélange d'odeurs diverses. Celles des animaux, des médicaments, et même celles des vomissures et du sang. Et une odeur de putréfaction, organique et aigre, qui évoquait le cadavre et suffoquait Kaé. Sa belle-mère allait-elle, elle aussi, finir par s'imprégner de ces odeurs ? En se posant cette question, elle regardait fixement le visage d'Otsugi, dont les yeux restaient clos.

La recommandation qu'avait formulée Otsugi, avant de s'étendre sur la couche, feignant d'avoir ainsi fait connaître sa dernière volonté, cette requête hantait Kaé, malgré ses efforts pour la chasser de son esprit.

Il s'agissait de faire adopter par Seishû son frère cadet Ryôhei comme héritier. Otsugi profitait de l'occasion pour faire prendre à son fils une décision définitive : elle pouvait l'y forcer, maintenant que sa bru avait accumulé dix ans de stérilité après la naissance d'une fille, Koben. Kaé avait, sous l'impulsion du moment, commis l'imprudence d'exprimer ouvertement sa frustration de n'avoir pas encore donné naissance à un héritier mâle. Aujourd'hui, elle se serait battue pour se punir d'une telle erreur. Non pas qu'elle n'eût mis au monde aucun enfant. On pouvait fort bien résoudre le problème en faisant prendre au futur mari de Koben le nom de Hanaoka. L'adoption par Seishû de son propre frère signifiait donc la négation de l'apport du sang de Kaé à la famille, et c'était sans doute là le souci majeur de sa belle-mère.

Quelle mesquinerie, de la part de celle qui l'avait elle-même demandée comme bru ! Kaé se mordit les lèvres et lança vers le visage de la dormeuse un regard chargé de rancune. C'était certainement par haine envers sa bru, et par dépit, qu'elle avait été poussée à s'offrir pour mettre le médicament à l'épreuve, et à l'entraîner dans le même danger. Comme elle l'avait dit elle-même, il ne lui restait pas longtemps à vivre, mais Kaé, elle, avait la responsabilité de Koben. Si elle devait par malheur mourir dans cette épreuve, qui la remplacerait pour veiller sur sa fille jusqu'à son mariage ? L'avenir de celle-ci lui sembla tout à coup si incertain qu'elle trembla, en proie à une crainte grandissante.

Une rougeur monta soudain aux joues pâles d'Otsugi ; et sa respiration s'accéléra. Elle ouvrit légèrement les yeux, mais, se reprenant sous le regard fixe de Kaé, elle les referma. Elle semblait endurer une vive souffrance. Kaé se mit debout immédiatement pour appeler Seishû. Il avait dit à sa femme de l'avertir dès qu'il se produirait un changement.

Seishû s'adressa à sa mère en lui prenant le pouls :

— Souffrez-vous, mère ?

— Non, mais je me sens très chaude.

— C'est tout à fait normal avec ce médicament. Ne vous inquiétez pas.

— Je ne m'inquiète de rien. Kaé vous a appelé sans que je le lui demande.

De nombreux patients attendaient Seishû. Parmi ceux qui habitaient loin, beaucoup trouvaient à se faire héberger chez quelqu'un de Hirayama pour venir recevoir le traitement de Seishû tous les jours.

Seishû quitta sa mère hâtivement pour regagner la salle de consultation. Une petite heure passa. Ne pouvant plus supporter la chaleur, sans doute, Otsugi commença à se tordre.

— Avez-vous mal, mère ?

Otsugi ne répondit pas. Kaé essaya de lui saisir le poignet pour lui prendre le pouls. Elle avait appris à le faire en observant son mari soigner leur fille lorsqu'elle avait eu un rhume. Otsugi la repoussa violemment et commença, en hurlant, à se renverser en arrière, à repousser son oreiller, à écarter son édredon à coups de pied et à s'égratigner la gorge. Alors que Kaé se mettait debout, Seishû ouvrit la porte coulissante et entra.

— Mère ! Mère !

Quand il l'immobilisa sur sa couche en l'empoignant par les bras, Otsugi se calma et fixa sur Seishû des yeux congestionnés.

— Umpei !

— Mère, vous souffrez ?

— Non, pas tout à fait. J'ai simplement une envie impérieuse de bouger. Je ne souffre pas tellement, c'est supportable.

— Dans ce cas, ce n'est rien.

— Umpei !

— Que voulez-vous, mère ?

— Vous êtes mon fils, à moi seule, Umpei.

— Exactement.

Seishû répondait comme s'il eût apaisé un enfant, avec un sourire un peu amer. Otsugi se calma enfin et Seishû repartit vers la salle de consultation.

Otsugi avait encore une respiration rapide et elle était de temps en temps assaillie de légères convulsions. En l'observant sans émotion, Kaé se rappelait qu'Otsugi avait répété dans son délire que Seishû n'appartenait qu'à elle. Le dernier vestige de conscience qui lui restait, avant de sombrer complètement dans le coma, était ce sentiment de possession : Seishû n'appartenait pas à son épouse, mais à elle-même, sa mère. Et cela n'avait pas échappé à Kaé. Elle se souvint de la naissance de Koben. Une mère accouchait de son enfant en luttant contre une douleur intense, et vers la fin du travail, en se tordant littéralement pour rassembler les dernières forces de son corps, comme si elle voulait échanger sa vie contre celle de l'enfant. Le premier accouchement était le plus douloureux et la mémoire de cette douleur se conservait toute la vie, à ce qu'on disait. C'était sans doute la raison pour laquelle Otsugi exigeait de la part de Seishû un attachement absolu. A cette pensée, Kaé pouvait progressivement comprendre sa belle-mère, le calme lui revenait. Elle ne pouvait retrouver la sérénité que lorsqu'elle pensait à ce que leurs destins avaient de commun, à savoir le fait d'avoir mis au monde des Hanaoka. Lorsque Okatsu était morte, elle avait déjà cru comprendre le chagrin d'Otsugi, en oubliant toute sa rancune de bru, et en imaginant la mort de sa propre fille, Koben. Mais Otsugi ne semblait pas alors avoir deviné la compassion de Kaé, et leurs relations avaient continué à s'envenimer d'année en année, sans la moindre apparence de réconciliation.

Au fur et à mesure qu'elle observait Otsugi sombrant dans le coma sous l'effet de l'anesthésique, elle se sentait plutôt apitoyée par le besoin qu'avait éprouvé sa belle-mère de répéter que son fils n'appartenait qu'à elle. Ses agacements quotidiens et sa rancune de s'être laissé entraîner dans cette aventure semblaient s'évanouir. Il n'était pas exclu d'ailleurs que sa belle-mère mourût au cours de cet essai. Et si elle ne mourait pas, elle serait peut-être réduite désormais à l'état d'infirme, comme tous ces chiens et ces chats. De telles réflexions l'effrayèrent et lui firent oublier un moment son ressentiment habituel.

Le premier effet du médicament passé, le corps d'Otsugi s'était immobilisé. La rougeur avait disparu de son visage, et elle avait de nouveau la peau blanche, mais luisante comme de la cire. Kaé saisit doucement son poignet pour lui prendre le pouls. La pulsation était normale. Le dégoût que ressentait Otsugi au contact de sa belle-fille semblait lui aussi assoupi.

— Mère, dites, mère !

Kaé l'appela à l'oreille, mais sans obtenir la moindre réaction. La dormeuse n'avait même plus de réflexes nerveux, et cela témoignait d'un complet engourdissement de l'ouïe.

Son agitation de tout à l'heure avait laissé Otsugi dans une tenue désordonnée. Son kimono s'était ouvert, laissant voir de façon disgracieuse ses seins flétris. Le vif contraste entre sa chemise de nuit d'un bleu indigo et sa peau très blanche donnait à ses seins l'air encore plus ratatinés et privés de vie. Avant d'appeler Seishû, Kaé corrigea l'ordre de ses vêtements. Elle croisa son col, ramena l'une près de l'autre ses jambes qui avaient impudiquement écarté l'édredon, et les enroula étroitement dans le bord inférieur de sa chemise de nuit. Les orteils fins et blancs d'Otsugi l'impressionnèrent par leur aspect singulièrement frais.

Ce fut vers midi que l'effet de l'anesthésique sembla à son maximum. Kaé, qui en avertit Seishû, fut surprise de l'entendre dire qu'il allait d'abord prendre son repas. Il avait à peine jeté un coup d'œil sur sa mère.

— N'avons-nous vraiment pas à nous inquiéter ?

demanda Kaé. Mère s'agitait tellement que je crains qu'il n'y ait des suites.

Seishû répondit nonchalamment :

— Non, il n'y a aucun danger. Le produit contient un peu de datura. Mais j'ai ajouté de l'araignée pour neutraliser sa toxicité. De plus, je n'ai pas mis d'aconit du tout. Comme c'est une solution d'eau-de-vie, elle dort comme si elle était ivre.

Kaé fut déçue. Elle regrettait déjà de s'être attendrie sur le sort d'Otsugi. L'infusion ne contenait pas une goutte du vénéneux aconit. Kaé en tira la conviction qu'Otsugi serait vite rétablie, et cette déception ranima aussitôt sa haine envers celle qui voulait que Seishû n'appartînt qu'à elle. Kaé se rappela avec exaspération sa belle-mère inélégamment dévêtue. Elle aurait dû la laisser dans cet état. Elle si coquette, comme elle en aurait été humiliée à son réveil !

Seishû, qui avait terminé son repas de midi sans se presser, vint s'asseoir au chevet de sa mère, et, lui prenant le poignet, il l'appela à voix haute :

— Mère, mère.

Otsugi ne bougea pas. Le bandeau bleu ciel qu'elle portait sur le front venait d'être renoué correctement par Kaé.

— Elle a bougé ! murmura Seishû.

A ces mots, Kaé pensa que le contenu de l'infusion n'était peut-être pas si inoffensif qu'il le lui avait laissé supposer.

Seishû écarta l'édredon qui couvrait sa mère. Puis il releva la chemise de nuit que Kaé avait enroulée autour des chevilles de sa belle-mère. Surprise de voir ce qu'il faisait, Kaé retint son souffle. Seishû introduisait sa main entre les cuisses de sa mère, et cette main s'y attarda un instant.

Otsugi gémit et bougea un peu. Seishû venait de lui pincer la face interne de la cuisse, la partie du corps la plus sensible.

— C'est faible en effet. Dans deux heures elle ouvrira les yeux ou se tournera d'elle-même. Appelle-moi à ce moment-là.

Seishû repartit vers la salle de consultation. Mais Kaé oublia de lui répondre. Elle était bouleversée. Elle venait de voir son mari introduire sa main au bas de la chemise de nuit d'une autre femme. Kaé tremblait comme si l'on eût raboté à contresens son corps devenu de bois. Elle se rappelait son intimité avec son mari. La femme qui était étendue devant elle n'était que la mère de Seishû, et celui-ci, médecin, avait naturellement pincé à l'endroit le plus sûr pour savoir si elle était vraiment anesthésiée. Mais ce raisonnement ne parvenait pas à la calmer. Elle n'arrivait pas à dépasser ce refus de compréhension. Dès que la main de Seishû l'eut quittée, Otsugi retrouva un sommeil paisible, comme s'il ne s'était rien passé. Son visage calme semblait au comble de la satisfaction. N'était-elle pas plutôt tout à fait consciente ? Ne savait-elle pas que son fils l'avait pincée devant sa bru qui l'observait ? Peut-être le savait-elle, et elle feignait le sommeil, tout heureuse sans doute : Kaé ne pouvait plus penser autrement.

Seishû avait dit juste : à peine deux heures plus tard, Otsugi ouvrit les yeux. Après avoir promené tout autour d'elle un regard ébloui, elle s'aperçut de la présence de Kaé et lui demanda d'un ton très doux :

— Combien de temps ai-je dormi ?

— Environ quatre heures.

— Vraiment ? Je ne me rappelle rien. Comme il est efficace, ce médicament !

Otsugi referma les yeux d'un air satisfait. Kaé eut envie de lui dire, et même de lui hurler que l'infusion qu'elle avait prise n'avait rien de très dangereux et qu'elle avait réagi à un simple pincement, tant l'infusion était faiblement dosée, alors qu'il avait fallu piquer les animaux d'expérience à l'aide d'un foret pour les faire bouger. Mais Seishû était dans la pièce voisine. Kaé ne pouvait pas se permettre une telle attitude.

Il lui fallait dire à son mari qu'Otsugi s'était réveillée.

Seishû entra avec un grand bol de liquide qu'il avait préparé et appela sa mère.

— Mère !

— Oui. L'expérimentation est-elle terminée ?

— Oui, elle est terminée. N'avez-vous pas mal à la tête ?

— Non, pas du tout.

— Vous voyez clairement, n'est-ce pas ?

— Mais oui, pourquoi ?

— Alors, tout va bien. Levez-vous un moment pour boire ça.

En posant son regard sur le bol que tenait Seishû, Otsugi essaya de se relever sans un mot. Mais elle semblait tout de même trouver ce mouvement pénible. Kaé lui soutint le dos et l'aida à se relever. Otsugi, toute contente d'on ne savait quoi, ne manifestait plus aucun dégoût et se laissait peser de tout son poids sur les bras de sa belle-fille.

— Est-ce encore un médicament ?

— Non, c'est quelque chose qui vous réveillera. C'est du thé très fort. Il est peut-être amer, mais vous vous sentirez mieux en moins d'une heure.

Otsugi vida le bol en plusieurs gorgées. Elle avait visiblement soif, après la fièvre qui l'avait fait transpirer.

— Je n'ai absolument rien. Vous avez réussi merveilleusement, Umpei.

En disant cela, Otsugi regardait le visage de son fils de bas en haut, avec son plus beau sourire.

— Oui, grâce à vous, mère.

Seishû s'inclina avec une très grande politesse.

En assistant à cette scène, Kaé avait envie d'éclater de rire. Mais si elle se laissait aller à rire une fois, pensait-elle, elle ne pourrait plus s'arrêter pendant plusieurs jours. Par ailleurs, railler Otsugi équivaudrait à manquer de respect à son mari, et ce n'était pas là son intention. Tête basse, Kaé feignit la retenue d'une épouse exemplaire.

Il fallait qu'Otsugi restât couchée pendant deux ou trois jours, qu'elle ne prît aucun aliment lourd, mais qu'elle commençât par du potage de riz et qu'elle ne reprît un repas ordinaire que peu avant de se mettre debout. Telles étaient les instructions que donna Seishû avant de partir reprendre son travail. Il semblait que l'on fût en train d'amener un blessé : l'entrée de la maison en était soudainement animée.

Toute ravie, Otsugi se remit au lit.

— Kaé-san !

Depuis combien d'années n'avait-elle pas entendu Otsugi lui parler avec une voix aussi douce ?

— Vous avez vu comment je me suis comportée. Vous êtes rassurée, n'est-ce pas ? N'ayez surtout pas peur. Et ce n'est peut-être pas la peine de l'essayer à nouveau.

Kaé faillit trahir ce que dissimulait sa modestie feinte :

— Ah ça, j'en doute ! Mon mari dit qu'il n'a rien mis de très dangereux dans l'infusion, étant donné votre âge. La vraie expérimentation sera sans doute celle que je subirai, fut-elle à deux doigts de lui lancer.

Mais elle se contrôla et lui répondit sur le même ton :

— C'est ce qui me semble, en effet, mère. Je suis vraiment rassurée en vous voyant saine et sauve.

11

Malgré la consigne de silence qu'ils s'étaient donnée à propos de l'essai, Otsugi, sans doute trop heureuse de son exploit pour se contenir, en avait parlé à Koriku, et même à Imose Yonejirô. Dix jours plus tard, tous les élèves étaient donc au courant, et commençaient à regarder cette mère courageuse avec un respect mêlé d'effroi.

C'est ce qui incitait Kaé, à chaque fois qu'ils se trouvaient seuls, à presser Seishû d'entreprendre une autre expérimentation, sur elle cette fois.

— Mère ne se rend pas compte. Elle répète à qui veut l'entendre que vous avez réussi à mettre au point cet anesthésique. Cela pourrait vous attirer des ennuis. Si quelqu'un vous demande de l'opérer avec, que comptez-vous répondre ?

— Mm...

— Puisque nous en sommes là, surtout maintenant que votre réputation est en jeu, je me sens prête à le prendre, même à très forte dose. On ne peut pas dire que ç'ait été une expérimentation très sérieuse, puisque vous avez pu faire réagir votre mère rien qu'en la pinçant. Byakusen et Kiba, eux, n'ont ni bougé ni gémi, alors qu'ils étaient transpercés de partout par des mèches à bois, n'est-ce pas ?

— Mm… La dernière fois, je n'ai mis qu'un pour cent de datura, et pas du tout d'angélique *Byakushi* ni d'aconit. Je pense qu'il faudrait au moins huit pour cent de datura et deux d'aconit, pour un être humain.

— Vous essaierez ce dosage sur moi.

— Mm…

Seishû hésitait encore. Sa femme se faisait pressante, et sa mère, qui ne doutait plus de la perfection de l'anesthésique, le mettait mal à l'aise.

Six mois plus tard, enfin, il préparait la deuxième ou plutôt la première véritable expérimentation. L'essai sur Otsugi avait eu pour résultat de lever le dernier frein à son désir profond. Il ne se souciait plus de savoir quelles motivations secrètes animaient celle qui allait subir l'expérimentation. Sans que Kaé eût à insister, il mit, dans l'infusion qu'il prépara, une quantité nettement plus importante de fleurs et de graines de datura que dans celle qu'il avait donnée à Otsugi. Il y ajouta en outre, quoique à faible dose, des plantes extrêmement vénéneuses, comme le *kusauzu* [1], le *byakushi* [2], le *senkyû* [3] et le *kibasô* [4]. Il nota en détail la composition du mélange, et posa le cahier ouvert près du lit pour pouvoir enregistrer ses observations en marge le moment venu.

La veille, Kaé s'était lavé les cheveux. Elle ne songeait pas à imiter Otsugi. Cette dernière, se rappelait-elle, avait eu l'air vraiment déçue lorsque Seishû avait annoncé un essai du produit sur Kaé, six mois après le sien. Kaé s'était lavé lentement et sereinement les cheveux à côté du puits ensoleillé.

1. *Kusauzu :* aconit nain. *(N.d.T.)*
2. *Byakushi : Heracleum ianatum. (N.d.T.)*
3. *Senkyû :* cnidium officinal. *(N.d.T.)*
4. *Kibasô :* inconnu. *(N.d.T.)*

Ils étaient d'une longueur sans commune mesure avec ceux d'Otsugi. Aidée par Koben, elle se les était rincés plusieurs fois de suite. Sa fille, qui avait alors dix ans, lui avait dit, innocemment, en lui versant de l'eau sur la tête :

— Maman, vous avez des cheveux très longs. Je me demande quand j'en aurai des pareils.

En l'écoutant, Kaé avait pensé qu'elle ne verrait peut-être plus jamais sa fille, et les larmes lui étaient soudain montées aux yeux.

— Maman, pourquoi pleurez-vous ?

— C'est l'eau sale qui me pique les yeux.

Quand elle avait eu fini d'éponger avec soin ses cheveux, de façon qu'aucune goutte ne tombât sur ses vêtements, elle avait eu l'impression d'entendre quelqu'un s'éloigner derrière elle.

— Il y avait quelqu'un ?

— Oui, grand-mère était là qui vous regardait.

En apprenant qu'Otsugi l'avait vue pleurer, elle s'était sentie tout à coup pleine de vaillance. Elle se reprenait aussi de son attendrissement envers sa fille.

Avant de s'étendre, elle avait préparé plusieurs cordons de coton écru. Elle les avait confectionnés en cousant bout à bout des restes de chiffons dont Seishû se servait comme pansements. Elle se lia les jambes, serrées des genoux aux chevilles, puis les recouvrit de sa chemise de nuit. Bien que de rang jizamurai, les Imose avaient donné à leur fille une éducation de samurai. Aussi, lorsque sa grand-mère, qui avait servi au château seigneurial, lui avait enseigné l'art de se défendre à l'aide d'un poignard, elle lui avait appris par la même occasion les préparatifs du suicide. C'étaient ces enseignements que suivait maintenant Kaé en choisissant l'emplacement des liens et la manière de les nouer.

Par-dessus sa chemise de nuit, elle enroula plusieurs fois autour de sa taille un autre cordon, dont elle fit passer l'une des extrémités sous les tours précédents, avant de faire un second nœud. Un nœud ainsi fait ne se défaisait jamais, lui avait dit sa grand-mère, mais, au contraire, se resserrait de plus en plus quand on se débattait. De cette façon, elle n'avait pas à craindre d'être rhabillée par Otsugi lorsque les effets de l'anesthésique se feraient sentir. Et surtout, en voyant Kaé se tordre, la perspicace Otsugi comprendrait parfaitement à quel point elle-même avait été indécente. Kaé avait jeûné la veille au soir. Elle s'était dit qu'il ne fallait pas qu'elle vomît sous l'effet du médicament, et que celui-ci agirait plus rapidement sur un estomac vide. Une fois toutes ces précautions prises, elle porta à sa bouche le bol d'infusion que son mari lui présentait.

Le breuvage avait apparemment été édulcoré aussi à l'aide de glycyrrhizine, mais Kaé le trouva bien trop amer pour prétendre, fût-ce par politesse, qu'il ne l'était pas.

— Buvez tout d'un seul trait. Cela passera sans difficulté, conseilla gentiment Otsugi, d'un ton expert. Mais le liquide n'avait rien de commun avec celui qu'elle avait eu à avaler. Kaé, sans un mot et les sourcils froncés, finit la tasse en trois gorgées. Elle éprouva alors une violente irritation de la langue et de la gorge ; elle voulut parler, mais sa voix était voilée.

— Veux-tu de l'eau ?

A cette question de Seishû, Kaé répondit d'un signe de tête empressé. La langue et la gorge lui brûlaient.

— Mère, veuillez lui apporter un verre d'eau.

Otsugi le fit immédiatement, mais elle était

visiblement mécontente d'avoir été envoyée chercher quelque chose pour sa bru. Elle se rappelait aussi que son fils n'avait pas été à ce point vigilant lorsqu'elle-même avait pris son infusion. Mais Kaé n'avait plus le calme nécessaire pour goûter ce triomphe. Elle but l'eau qu'on lui présentait comme un chien assoiffé, et poussa un gémissement. Elle sentait son sang bouillonner. Son visage et ses oreilles s'enflammaient. L'estomac lui brûlait.

— Koben ! Veillez sur Koben ! dit-elle à son mari, tandis que ses deux mains griffaient l'air comme pour s'accrocher à quelque chose.

— Quoi ? Qu'est-ce que tu dis ?

— Koben ! Prenez soin d'elle !

— Sois tranquille, tu ne mourras pas.

— Occupez-vous d'elle quand même.

— Oui, oui, compris.

— Koben est votre fille.

— Oui, je sais.

— Je vous en prie...

— Entendu.

Dans sa souffrance, la tête de Seishû qui se penchait au-dessus de la sienne lui semblait rassurante. Elle en fut heureuse. Elle perdait conscience : seul le gros grain de beauté du cou de Seishû lui resta visible jusqu'au dernier moment.

Elle ne percevait plus la présence d'Otsugi. A plus forte raison ne lui vint-il pas à l'idée que sa belle-mère pût voir dans la supplication qu'elle adressait à son mari un rappel de la présence de Koben qui s'opposait à sa propre recommandation d'adopter Ryôhei comme héritier. Et bien entendu, Kaé ignorait que c'était dans ce sens que son inconscient travaillait.

La potion fit effet beaucoup plus tôt que lors de l'essai sur Otsugi. Kaé fut vite fiévreuse ; les propos incohérents qu'elle laissait échapper dans son délire effrayaient les malades présents dans la pièce voisine. Shimomura Ryôan, qui s'était depuis peu installé à Myôji, était venu remplacer Seishû pour recevoir les patients, afin de permettre à celui-ci de rester sans interruption au chevet de sa femme. Kaé n'en savait rien. Après avoir déliré pendant une demi-journée, elle sombra dans le coma et continua à dormir pendant deux nuits et trois jours.

Au bout de ce laps de temps, Seishû prépara du jus de soja noir à lui donner comme désintoxiquant, puis lui prit une fois de plus le poignet pour compter les pulsations, et nota méticuleusement ses dernières observations. Il avait fait préparer sa couche à côté, mais n'avait presque pas fermé l'œil pendant tout ce temps. Otsugi, elle aussi, était restée habillée depuis trois jours, et, l'air tendu, regardait tour à tour le visage de la dormeuse et la tête de son fils dont les yeux étaient tout congestionnés.

Shimomura Ryôan n'avait pas mis les pieds chez les Hanaoka, en signe de deuil, depuis la mort d'Okatsu. Il fut heureux, un instant, de se retrouver auprès de la famille de son maître, mais sa joie fit vite place à l'épouvante ; il pâlissait à l'idée du danger que courait Seishû en menant cette expérience. Plus savant que les jeunes élèves présents en matière de pharmacopée, il pouvait deviner ce qu'avait donné Seishû à sa femme en écoutant Yonejirô et ses confrères. Mais il était trop tard pour tenter de l'en dissuader, maintenant que Kaé avait avalé la préparation. Comme il était même plus ancien qu'elle dans cette famille, il se demanda avec stupéfaction comment cette jeune femme tout à fait ordinaire pouvait avoir un sens si marqué du sacrifice. D'autant plus qu'il avait entendu dire que c'était elle qui en avait pris l'initiative.

Le troisième matin, incapable de se taire davantage, Ryôan demanda à Otsugi qui sortait de la salle :

— Si Mme Seishû reste plus longtemps dans le coma… Un jeûne de trois jours est déjà épuisant en lui-même… N'y a-t-il pas de risques graves à ne pas la réveiller dès maintenant ?

Il n'osait pas s'adresser à son maître, qui, les yeux rougis, vivait sur les nerfs.

— Oui… Peut-être.

Otsugi était passablement abattue. Mais Ryôan ne pouvait pas comprendre la cause de son désarroi intérieur.

Elle dit :

— Kaé semble désirer la mort, et si cela se produisait, cela me mettrait dans une situation des plus difficiles. C'est sûrement moi qui souhaite le plus qu'elle survive. Mais Umpei doit avoir son idée là-dessus, et je ne peux pas m'immiscer dans cette affaire. C'est vraiment pénible, vous savez. Moi, je me suis réveillée au bout de quatre heures, mais elle… N'est-elle pas trop faible pour pouvoir supporter un anesthésique ? Elle n'est pas d'une grande utilité pour un essai pareil. Je ne sais pas quoi faire d'autre que de prier les dieux pour qu'elle en sorte saine et sauve. Je n'aurais pas tant eu à m'inquiéter si on s'était à chaque fois servi de moi comme je l'avais proposé. Elle n'en a fait qu'à sa tête et a pris cet anesthésique malgré mes tentatives pour l'en dissuader. Ce n'était vraiment pas la peine. Mais soyez gentil, Ryôan, félicitez-la quand même et priez pour qu'elle s'en sorte sans séquelles. N'aurais-je pas par hasard choisi moi-même une bru qui n'ait pas suffisamment plu à Umpei ? Ce doute me hante. S'il arrivait quelque chose de grave à la bru que je suis allée moi-même chercher à l'hôtel seigneurial de Nate, je ne survivrais pas à l'épreuve.

Ryôan l'écouta avec stupéfaction, mais il pensa qu'elle était simplement affolée par l'angoisse dans laquelle elle attendait que sa bru reprît conscience, et cela d'autant plus facilement qu'il avait été, à l'époque, au courant des démarches qu'elle avait faites pour l'avoir comme épouse de son fils. Lui-même victime des escarmouches quotidiennes entre sa mère et sa femme, Ryôan s'émerveillait de découvrir une relation aussi touchante entre une belle-mère et sa bru. D'ailleurs, conscient comme il l'était de l'importance de l'étude qu'entreprenait Seishû sur cet anesthésique, il prit cette mère et cette épouse de chercheur, qui se disputaient ainsi la place du cobaye, pour les êtres les plus admirables qui fussent. Il s'inclina donc profondément devant elle, et la pria d'aller se reposer pour ne pas tomber de fatigue à son tour.

— L'état de Mme Seishû est bien entendu préoccupant, mais le souci que vous vous faites pourrait également nuire à votre santé et ce serait vraiment catastrophique.

— Oh non ! Ce n'est pas le moment de s'allonger et de dormir. Bien que je ne connaisse rien à la médecine, je voudrais au moins rester unie avec Umpei dans notre vœu commun de succès. Parce que je suis sa mère. Mais je ne comprends pas pourquoi, après le succès de l'essai fait sur moi, il lui a donné une infusion capable de la faire dormir trois jours. Chaque fois qu'il vérifie l'effet produit, je ne puis supporter d'assister à la scène.

La voix d'Otsugi s'était élevée tout d'un coup, avec nervosité, et Ryôan, surpris, lui demanda :

— Se sert-il d'une mèche à bois comme pour les animaux ?

On avait enfoncé en plusieurs endroits une mèche

à bois dans le corps des animaux anesthésiés. Il se demanda soudain si Seishû usait du même traitement à l'égard de sa femme, et il pâlit.

— Non, ce n'est pas cela.

— Alors, de quoi se sert-il, Madame ?

— Ce n'est pas une mèche à bois.

Otsugi se tut brusquement et s'éloigna, l'air contrarié. Cela parut incongru à Ryôan, mais il crut comprendre que la situation expliquait un comportement aussi étrange, et ne se posa plus de question. D'ailleurs Seishû avait l'air aussi défait que sa mère, et avait les paupières aussi tirées et gonflées. Ni l'un ni l'autre ne mangeait. Après deux nuits de veille, le manque de sommeil et la tension continue leur avaient creusé les joues. Seishû ne semblait même plus entendre lorsque quelqu'un lui adressait la parole. Ses élèves venaient le saluer matin et soir, mais sans doute ne les voyait-il pas. Il restait dans la même posture, penché au-dessus de la tête de Kaé qui dormait ; il ne la quittait pas des yeux, et ne se retournait pas vers eux. On avait pris soin de ne rien laisser savoir aux patients qui se présentaient, mais on aurait dit qu'ils sentaient la tension insolite qui emplissait la maison.

Ce ne fut qu'au soir du troisième jour que Kaé ouvrit un instant les yeux.

— Kaé ! Tu te réveilles ?

Seishû l'interrogeait d'une voix étouffée, contenant mal sa joie soudaine. Kaé posa sur son mari un regard éteint, elle fit un signe de tête à peine visible. Mais elle referma les yeux aussitôt. Elle se sentait sans force, et n'avait pas encore entièrement repris conscience. Elle ne pouvait pas bouger d'un pouce, comme si elle eût été ligotée bras et jambes sur sa couche.

Seishû n'avait pas voulu que qui que ce soit entrât

dans cette pièce, à part Otsugi ; celle-ci ne manquait pas d'être présente. Il lui fallait pouvoir observer sa bru et son fils : elle se tenait donc de l'autre côté de la couche, vers les pieds de Kaé, pas tout à fait en face de Seishû. Elle fixait son regard sur le visage de celui-ci avec un trouble croissant. Si Kaé n'en sortait pas vivante, cela constituerait un grave échec, incomparablement plus grave, bien entendu, que dans le cas des chiens et des chats. Les malades qui affluaient pour l'instant quitteraient leur médecin comme une marée descendante. Et si les choses finissaient mal, les autorités leur infligeraient un châtiment : la famille Hanaoka risquait d'être ruinée. Elle priait donc de tout son cœur pour que Kaé reprît connaissance : elle n'avait pas exagéré son anxiété en parlant à Ryôan. Mais chaque fois, au cours de ces trois jours, que Seishû pinçait sa femme, Otsugi ressentait une jalousie cuisante. A ces moments-là, elle souhaitait même la mort de sa bru. Dans cet état d'angoisse, elle assistait maintenant au réveil de Kaé. La joie qui rayonnait du visage de Seishû appelant sa femme ne l'incita pas tout de suite à se réjouir elle-même. Elle se souleva à moitié pour mieux voir l'état de Kaé, et ce qu'elle vit la fit blêmir.

Ayant pris une gorgée d'infusion du bol, Seishû avait approché ses lèvres de celles de sa femme, et la lui faisait boire au bouche-à-bouche. C'était du jus de soja noir que l'on avait fait cuire avec des racines de glycyrrhizine. Kaé, sans se réveiller complètement, la buvait en suçant. Au fur et à mesure que son mari répétait le même geste, elle s'apercevait que c'était de sa bouche qu'elle buvait. Sa langue, jusque-là ankylosée, bougea entre les lèvres de Seishû, et il lui répondit en remuant la sienne. Devant Otsugi interdite, tous deux répétèrent cet échange amoureux un certain temps. Lorsqu'elle eut terminé tout le grand bol d'infusion, Kaé, manifestement satisfaite, retomba dans un sommeil profond.

Seishû, qui regardait sa femme se rendormir, son poignet dans la main, leva enfin la tête et dit à Otsugi, les yeux brillants de joie, tel un enfant racontant un exploit :

— Mère, nous n'avons plus à nous inquiéter. Après deux heures de sommeil supplémentaires, elle pourra parler. Oui, je suis rassuré.

Otsugi ne lui répondit pas. Elle regardait sa bouche, encore toute barbouillée de jus de soja noir, et se sentait venir la chair de poule, comme si elle s'était trouvée face à une bête rugissante.

— Voulez-vous préparer un bon potage de riz dans une casserole de céramique ? Ajoutez-y trois jaunes d'œufs. Elle n'a rien mangé ni bu depuis trois jours.

— Mais vous non plus, Umpei, vous n'avez presque rien mangé, dit-elle d'une voix rauque.

— C'est vrai, nous allons manger ici ensemble tous les deux.

— Voulez-vous manger la même chose ?

— Après un jeûne, il vaut mieux commencer par du potage. Oui, du potage de riz au thé fera tout à fait l'affaire. Il faut qu'on lui fasse vite reprendre des forces. Je prendrai aussi des œufs, crus, comme pour elle.

Laissant paraître l'allégresse qui l'envahissait, Seishû riait, enthousiaste.

Otsugi alla dans la cuisine, le cœur serré. Lorsqu'elle s'était réveillée, son fils n'avait pas manifesté une telle joie. En laissant tomber deux poignées de riz dans la casserole, elle se rappela qu'elle non plus n'avait rien mangé depuis trois jours. Mais Seishû ne l'avait pas invitée à partager leur repas. Tandis qu'elle rinçait le riz près du puits dans la cour, avec précaution pour ne pas en laisser échapper un grain, elle ne pouvait s'empêcher de s'apitoyer sur elle-même, et elle se mit à pleurer. Elle revoyait, la rage au cœur, l'image de Seishû introduisant sa main sous la chemise de nuit relevée de sa femme, ou la faisant boire au bouche-à-bouche.

Yonejirô la surprit à ce moment-là. D'ordinaire, Otsugi ne lavait jamais rien elle-même, de crainte d'abîmer ses douces mains. Il fut donc alarmé de la voir laver du riz, alors que la bonne et Koriku étaient là, et cela d'autant plus qu'elle le faisait en sanglotant.

— Qu'avez-vous, Madame ?

Otsugi leva les yeux vers lui : ses larmes jaillissaient.

— Kaé s'est réveillée. Umpei en est très heureux, et il a dit qu'ils prendraient ensemble du potage de riz. Il a dit « ensemble », vous comprenez ?

Sa voix se transforma en sanglots, et elle s'écroula, le visage ruisselant de larmes. Yonejirô se précipita vers la salle d'étude.

— Mme Seishû s'est réveillée. L'expérience semble réussie. Madame mère pleure de joie. Elle préparait du potage de riz. Elle lavait le riz en pleurant.

Un concert d'exclamations remplit tout à coup la petite pièce. Le premier à s'exprimer, parmi les élèves à qui l'émotion coupait la voix, fut Shimomura Ryôan, leur aîné :

— C'est une bonne nouvelle. Nous sommes enfin rassurés, dit-il en poussant un gros soupir. Madame mère et Mme Seishû sont vraiment des épouses de médecin exemplaires ; elles n'hésitent pas à se sacrifier pour la réussite de la seule personne qui soit médecin dans la famille. Qu'elles soient vénérées !

Personne ne trouva rien à redire à ce bref discours, et ils approuvèrent tous gravement. Puis un long silence se fit, que Yûtei rompit en disant d'un ton peu assuré :

— Trois jours de sommeil, c'est bien long s'il s'agit d'un opéré à qui il faut faire reprendre des forces.

Ils se turent, conscients des incertitudes qui subsistaient. Et ils connaissaient trop bien Seishû pour s'imaginer qu'il arrêterait là ses expérimentations. En tant que futurs médecins, il leur était difficile de ne voir, en toute naïveté, qu'une bonne nouvelle dans l'annonce du réveil de Kaé.

Seishû faisait avaler à sa femme, cuillerée par cuillerée, du potage de riz dont il lampait lui-même une gorgée à même le bol de temps à autre. Simultanément, il l'interrogeait, tout heureux, en faisant les questions et les réponses, d'après les signes de paupières que lui adressait Kaé, toujours incapable de bouger, et empêchée de parler par l'effort qu'elle faisait pour manger.

— Tu n'as pas eu de rêves ? Non, hein... Est-ce que tu as mal à la tête ? Un peu ? C'est supportable ? Bien, bien...

Il posait et prenait en alternance le pinceau pour écrire ses observations dans son cahier, et la cuiller pour approcher des lèvres de sa femme le potage de riz au thé dans lequel il avait délayé des jaunes d'œuf.

— Et comment te sens-tu, exactement ? Lourde ? Tu ne peux pas bouger ? Non, n'essaie pas. Les jambes non plus, tu ne peux pas les replier ? Non, ne force pas. Tu n'as pas mal aux articulations ? Non ? Bon, bon...

Kaé n'avait bien sûr pas autant d'appétit que son mari. Ce qui lui avait fait accepter un jaune d'œuf et cinq ou six cuillerées de potage, c'était le plaisir qu'elle éprouvait à les recevoir de Seishû, à voir qu'il s'occupait d'elle en personne. Et surtout, c'était le fait de savoir qu'Otsugi assistait à la scène. Si elle avait pu avaler une bouchée de plus, elle aurait bien continué éternellement à se faire donner la becquée par son mari, rien que pour faire enrager sa belle-mère.

— A propos, qui t'a appris à faire les nœuds de cette façon ?

Maintenant plus détendu, sans doute parce qu'il avait fini de prendre des notes, Seishû changeait de sujet, et Kaé sut ainsi qu'il avait remarqué la manière dont elle s'était lié les jambes. Elle s'y était attendue, mais elle en ressentit néanmoins une légère honte.

— Ne fais pas d'efforts, s'il t'est pénible de parler. Ça pourrait te faire mal à la tête.

— Non, ça va, mon ami, dit-elle à voix basse. Ce genre de nœuds fait partie de l'éducation élémentaire des filles de samurai, et cela m'a été enseigné autrefois par ma grand-mère.

— Ça porte un nom ?

— Non, ou alors elle ne me l'a pas dit. Elle m'a simplement expliqué que plus on se débattait, plus le nœud se resserrait, sans jamais risquer de se défaire.

— Tiens, tiens... Je vais essayer ça.

Il se retourna vers sa mère et lui demanda de lui passer une cordelette. Otsugi faillit tout d'abord dénouer le long cordon qui retenait sur ses hanches la longueur de kimono superflue, mais se ravisa, et sortit de la pièce. Une fois arrivée dans sa chambre, elle changea encore une fois d'avis : pour remplacer le cordon qu'elle venait d'enlever, elle en prit un autre au fond d'une malle d'osier, et se rhabilla correctement.

Seishû lui prit des mains le cordon encore tiède qu'elle apportait, allongea les jambes au chevet de sa femme, et se fit un nœud autour des genoux, en lui demandant si c'était bien ainsi qu'il fallait s'y prendre. Alors que pour un nœud normal, on faisait deux fois le même geste, mais en sens inverse, là, il fallait le faire deux fois dans le même sens. Cela donnait une boucle moins épaisse et plus ferme. Et l'on avait beau écarter les genoux, le cordon ne bougeait pas. Seishû, comme un gamin fasciné par un jeu nouveau, faisait et défaisait le nœud, sans se soucier de refermer les pans entrouverts de son kimono. Il lança :

— Ça n'a l'air de rien, mais c'est très astucieux, mère. Même le docteur Kaspar n'y a pas pensé. C'est simple, et ça peut être très utile en chirurgie. Voilà une invention digne des femmes de samurai.

Devant l'émerveillement naïf de son fils, Otsugi répondit avec un sourire serein :

— Vous avez tout à fait raison.

Les pleurs l'avaient soulagée, et elle avait retrouvé toute son assurance ; elle reprenait courage, convaincue que c'était elle qui servirait à la prochaine expérimentation.

Il fallut près de deux semaines à Kaé pour se rétablir. Et ce ne fut qu'au bout d'une semaine qu'elle put aller seule aux lieux d'aisances. Jusque-là, c'était Otsugi qui l'aidait, avec un zèle tel qu'elle avait refusé de laisser Koben s'occuper à sa place de ce détail. C'était peut-être ce que Kaé avait trouvé le plus pénible. On ne pouvait voir là rien d'autre que le comportement d'une belle-mère exemplaire. De tout ce temps, Otsugi ne se départait pas d'une gentillesse sans faille, et répétait comme un refrain qu'elle avait sans cesse prié de toutes ses forces, pendant ces trois jours et ces deux nuits, pour le bon rétablissement de Kaé.

— Trois jours et deux nuits ! Vraiment ! Alors que vous, vous avez pu vous réveiller au bout d'une demi-journée ! Je suis désolée de vous avoir causé tant de tracas, mère !

Kaé n'avait pas pu résister au désir de s'assurer que sa belle-mère avait bien remarqué la différence de composition entre les deux préparations.

Mais Otsugi ne s'en offusqua pas, car elle comptait fermement sur le prochain essai. Elle accueillit donc sans s'émouvoir la manifestation de supériorité que contenait l'étonnement feint de Kaé. Ainsi, leurs rapports continuèrent à s'envenimer, sans que rien perçât de cette animosité dans les gestes et les paroles qu'elles échangeaient : leur entente semblait parfaite. L'entourage, quant à lui, ne contribuait pas à arranger les choses. En effet, tour à tour, les élèves venaient prendre des nouvelles de l'épouse du Maître, et ne dissimulaient pas devant Otsugi leur profond respect pour Kaé. Otsugi, en rapprochant cette attitude de celle, purement courtoise, qu'ils avaient eue envers elle quelque temps auparavant, ne pouvait manquer d'y voir la preuve du risque bien supérieur qu'avait couru Kaé. Son comportement s'en trouva tellement modifié que Kaé souhaita bientôt pouvoir quitter le lit au plus vite, pour échapper aux mains glacées de sa belle-mère. Quand elle put pour la première fois aller seule aux toilettes, elle prit appui contre le mur, et releva sa robe de nuit. On voyait encore des bleus aux endroits où elle avait serré les nœuds autour de ses jambes. Elle avait dû se débattre violemment lorsque l'anesthésique avait commencé à faire effet. Elle se pencha ensuite lentement, en écartant les genoux, pour examiner la face interne de ses cuisses, comme elle en avait l'intention depuis son réveil. Ils étaient là, trois pinçons violets qui viraient déjà au jaune. Seishû lui avait donc bien fait la même chose qu'à Otsugi, et sous les yeux de cette dernière.

Une bouffée de vent venue d'en bas lui envoya l'odeur nauséabonde au visage. Comme elle était penchée trop en avant, elle perdit l'équilibre et tomba avec fracas sur le plancher de bois. Alarmée, Koriku accourut à son aide. A ses questions inquiètes, Kaé répondit fermement qu'elle se sentait très bien, un sourire satisfait flottant encore sur son visage livide. Koriku lui jeta un regard horrifié, mais Kaé ne s'en aperçut pas. Cette fois, se disait-elle, elle l'avait vraiment emporté sur Otsugi. Et cette certitude compensait largement les fatigues et les désagréments d'une convalescence prolongée.

12

Le calendrier avait ramené le printemps, et l'eau du puits semblait agréablement fraîche à Kaé, qui frottait énergiquement le linge, de ses mains tout de même rougies par le froid. Elle était secouée d'un rire qu'elle ne pouvait réprimer. C'était un rire sans méchanceté. On lui avait appris qu'il ne fallait pas rire toute seule au souvenir d'un incident, que cela ne se faisait pas. Mais il n'y avait personne à l'entour du puits, elle pouvait donc se laisser aller à rire de tout son cœur en repensant à ce qui s'était passé. Elle n'avait jamais rien vu de plus comique.

La veille, dans l'après-midi, Otsugi s'était fait administrer une dose d'essai d'anesthésique, et, lorsqu'elle s'était réveillée de bonne heure le lendemain matin, elle lui avait demandé combien de jours elle avait passé dans le coma. Seishû venait juste de quitter la maison pour se rendre d'urgence au chevet d'un malade installé dans une auberge proche, et dont l'état s'était subitement aggravé. Kaé était donc restée seule au chevet d'Otsugi, et, la voyant réveillée, avait dit :

— Ah ! vous avez repris connaissance ! Comment vous sentez-vous, mère ?

Mais tandis qu'elle vérifiait du creux des paumes

la température du bol de thé fort qu'elle se préparait à lui faire prendre, Otsugi avait répété sa question :

— Je vous ai demandé de me dire combien de jours j'avais dormi.

Son insistance montrait qu'elle était persuadée d'être restée dans le coma plus longtemps que Kaé la fois d'avant. Celle-ci avait eu un moment d'hésitation. Plus exactement, elle avait failli lui répondre qu'elle n'avait dormi qu'une nuit, mais s'était retenue. Elle savait bien que cette fois non plus, il n'y avait pas d'aconit, la dangereuse racine, dans ce qu'on avait fait avaler à Otsugi. Seishû semblait se préoccuper maintenant de mettre au point un composant susceptible de hâter l'effet de l'anesthésique : Otsugi s'était endormie rapidement, mais n'avait été que modérément insensibilisée. Seishû lui avait pris le pouls, lui avait à plusieurs reprises pincé la face interne de l'avant-bras, et elle avait réagi à chaque fois. Mais il n'avait pas eu l'air de s'en étonner, ni d'en être déçu. Cela prouvait que c'était uniquement sur la demande instante de sa mère qu'il l'avait utilisée à nouveau comme sujet d'expérience, mais qu'il ne lui avait administré qu'une préparation inoffensive. D'ailleurs, si tel n'avait pas été le cas, il ne l'aurait pas quittée, fût-ce un moment, et quelle que fût l'urgence. Otsugi n'en savait rien. Mais il fallait tout de même la ménager, car si la potion ne contenait pas d'aconit, elle contenait du datura : la veille, Otsugi avait sombré immédiatement dans un sommeil profond.

Aussi Kaé avait-elle répondu lentement :

— Heu... Combien de jours, dites-vous ?... Je ne peux pas vous dire. Je suis restée éveillée tout le temps, et je suis peut-être trop fatiguée, ce qui me fait perdre la notion du temps. Je suis désolée, mais je suis incapable de préciser.

Otsugi avait alors posé sur elle un regard visiblement mécontent, chargé de réprobation pour une pareille inattention, mais sans l'exprimer davantage, elle avait dit sur un ton doux :

— Je suis désolée de vous avoir causé tant de souci. Je vais tout à fait bien maintenant. Allez vous reposer, je vous en prie.

— Mais non, mère, ne vous inquiétez pas pour moi ! Buvez donc plutôt ceci, qui vous remontera.

Kaé l'avait aidée à se redresser sur son séant, et approchait le bol de ses lèvres, lorsque Otsugi s'était aperçue que Seishû n'était pas dans la pièce. Ainsi, son fils avait lui-même fait boire Kaé au bouche-à-bouche, et elle, elle devait boire dans une tasse, toute seule ! L'indignation la submergea, et elle demanda :

— Où est Umpei-san ?

— L'auberge de Hotei l'a fait appeler auprès d'un malade, une urgence, mère.

Otsugi écarta d'un geste brusque la main de Kaé qui lui soutenait le buste, et avala d'un seul trait le thé fortement infusé. Le goût, d'une amertume déplaisante, lui fit froncer les sourcils. Elle s'allongea de nouveau. Pendant un bon moment, le cœur lui battit plus vite ; elle finit par dire :

— Cette fois, l'anesthésique est parfaitement au point, comparé à celui que vous avez pris. Je devrais me rétablir sous peu.

— Mais ne vous sentez-vous pas fatiguée, vraiment ?

— Je suis sûrement un peu affaiblie, puisque ça fait des jours que je n'ai rien mangé. Mais je suis plus solide que vous ne l'étiez au réveil.

— Oh oui ! aucune comparaison, vous avez été admirable. Moi, j'étais dans un état lamentable.

— Ce n'est pas ce que je voulais dire. Cette différence vient simplement d'une amélioration apportée entre-temps. Il faut s'en réjouir pour Umpei-san.

— Oui, mère, il sera sûrement très content. Mais ne pensez-vous pas que vous devriez plutôt vous reposer ?

— Vous avez raison. Un cobaye ne doit pas trop bavarder.

Elle se sentait sans doute tranquillisée ; elle avait fermé les yeux et s'était tue. Kaé avait bientôt entendu avec soulagement sa respiration devenir plus lente : elle dormait.

Lorsque Seishû était rentré peu après, Kaé s'était glissée hors de la chambre.

— C'est vous, mon ami ? Votre mère s'est réveillée.

— Bien.

— Elle dit que cette fois, vous avez parfaitement réussi.

— Et pourquoi ?

— Parce qu'elle n'est pas aussi affaiblie que moi la dernière fois.

— C'est normal...

— Qu'est-ce que je dois lui préparer comme repas ?

— Oh ! simplement du potage de riz, ça ira très bien.

— Entendu, mon ami.

Elle était allée directement à la cuisine, et avait posé une marmite sur un petit feu. Puis elle était venue au puits pour faire la lessive.

La nuit précédente, elle avait veillé Otsugi, tandis que Seishû dormait à côté : paisible, elle observait, en les comparant, leurs deux visages, quand elle ne s'assoupissait pas.

Maintenant, tandis qu'elle changeait d'eau, elle se sentait sereine, et aussi reposée qu'après une bonne nuit de sommeil, bien qu'elle n'eût dormi que quelques heures. Elle se dit qu'Otsugi, à son second réveil, allait poser à son fils la même question, lui demander combien de jours elle était restée dans le coma, et que Seishû, lui, ne lui mentirait pas par compassion. Pour un médecin, il était parfois un peu trop franc avec ses malades. Il lui semblait déjà l'entendre dire : « Vous n'avez avalé ça qu'hier après-midi. »

Elle avait lavé et rincé d'une traite deux kimonos, le sien et celui de Koben, qu'elle avait préalablement décousus, et maintenant, il s'agissait d'encoller les longs pans de tissu avant de les tendre sur les panneaux de bois prévus pour le séchage.

— Koriku-san, Koriku-san ! appela-t-elle.

Et lorsque celle-ci arriva, elle lui dit :

— Pourriez-vous apporter à votre mère du potage de riz, des prunes salées et des jaunes d'œuf ? Elle sera plus heureuse d'être servie par vous. Moi, pendant ce temps-là, je vais empeser tout ce linge et le mettre à sécher avant la tombée de la nuit.

— Vous avez dit avant la tombée de la nuit ? répéta Koriku d'un air intrigué.

Ce jour-là, il faisait un soleil particulièrement éclatant pour un début de printemps. Dans le baquet posé devant Kaé, Koriku vit, non pas une montagne de linge, mais un petit tas d'étoffes que sa belle-sœur aurait vite fait d'étendre avant même qu'il fût midi.

— Mais oui, répondit Kaé. Il y a un instant, j'admirais le beau temps, et voilà qu'il fait soudain tout sombre, vous ne trouvez pas ? J'ai peur que l'empois ne tienne pas si je tarde à l'utiliser. Je ne sais plus où donner de la tête.

Elle ne semblait pas voir que Koriku la dévisageait d'un regard étrange, les yeux écarquillés.

— Sœur aînée..., commença cette dernière.

Mais elle s'interrompit, et, après avoir répété les instructions reçues, partit en courant vers la cuisine.

Avec un plateau chargé de bols, elle entra dans la chambre où sa mère reposait, et là encore, une surprise l'attendait.

— Quand ai-je pris le médicament ? lui demanda aussitôt sa mère.

— Hier dans l'après-midi, non ?

— Tu es sûre de ce que tu dis ?

— Pourquoi mentirais-je ?

— Vous dites la même chose, Umpei-san et toi. Ça doit donc être vrai.

— Pourquoi parlez-vous de cela, mère ?

Otsugi fixa un point dans les airs, et dit :

— Kaé m'a dit que j'avais dormi si longtemps qu'elle était incapable de faire le compte des jours.

Et Koriku, stupéfaite, vit les yeux de sa mère se remplir brusquement de larmes.

13

Au début de cet été-là, Koben mourut subitement : elle attrapa un rhume si virulent qu'il prit tout le monde au dépourvu et qu'on ne put la sauver. C'était comme si l'enfant avait disparu dans les buissons en courant après un papillon. Kaé ne pouvait se décider à laisser partir le minuscule cercueil pour l'incinération. Elle n'admettait pas de voir son enfant mourir avant elle. Et lorsque, à partir du quarante-neuvième jour après le décès, l'urne funéraire contenant les cendres eut été déposée dans le caveau familial, sur les bords du lac des Iris, ses yeux furent en permanence embués de larmes. Jusque-là, elle s'était sentie comme vide de toute émotion. La lumière s'était éteinte dans son âme, et elle ne s'étonna pas de percevoir tout ce qui l'entourait comme noyé dans l'obscurité.

— A moins de l'avoir vécu, personne ne peut comprendre ce que c'est que de perdre son enfant, n'est-ce pas, mère ?

Toute sa combativité l'avait abandonnée, et elle s'effondra, brisée, dans les bras d'Otsugi. Celle-ci lui dit :

— Pleurez, ne vous retenez pas. Tant qu'on peut verser des larmes, on a encore de la chance. Mais lorsque leur source se tarit, la solitude est plus atroce encore ; on voudrait pouvoir s'écorcher vive. Depuis la mort d'Okatsu, il ne s'est pas passé un seul jour sans que je souhaite mourir au plus vite pour me retrouver auprès d'elle.

— J'imagine, mère, et maintenant mieux que jamais. Quand je pense à ma petite Koben, restée toute seule devant le lac des Iris, si désolé quand il n'y a plus de fleurs, une peine sans nom m'étreint.

Les deux femmes pleuraient dans les bras l'une de l'autre, et cela renforçait l'admiration des élèves de Seishû, qui trouvaient que c'était vraiment à croire qu'il s'agissait d'une mère et de sa fille. Et Kaé elle-même se disait, blottie dans les bras d'Otsugi, que ces flots de larmes emportaient d'un coup toute leur inimitié passée. Sa belle-mère était redevenue pour elle une femme douce et affectueuse, et, tourmentée d'une étrange culpabilité, Kaé en venait à se demander si la mort de Koben n'était pas un châtiment pour sa haine prolongée envers une femme aussi parfaite. Elle était saisie de remords, et n'en pleurait que davantage.

Dans ces moments-là, ni l'une ni l'autre ne s'apercevait que Koriku se tenait à l'écart, et les observait d'un air effrayé.

Elle avait trente-cinq ans, et remplaçait maintenant sa mère vieillissante ; apparemment, elle secondait Kaé, sans empiéter sur ses prérogatives, mais en réalité, c'était elle qui organisait toute la vie familiale. Les élèves étaient de plus en plus nombreux ; on avait dû faire construire un nouveau dortoir pour les accueillir. Les malades, eux, étaient soignés par les élèves, et d'ailleurs, ils ne vivaient pas sur place. Mais pour ce qui était des élèves eux-mêmes, la préparation de leurs repas et l'entretien de leur linge reposaient sur les épaules de l'unique domestique de la maison, qui ne pouvait bien évidemment pas suffire à la tâche. Aussi Koriku l'aidait-elle en plus de son travail normal à la cuisine, et elle était sans cesse débordée. Elle était donc indispensable, mais personne n'en avait conscience, car elle n'avait ni la forte personnalité ni l'aisance verbale d'Otsugi.

Trois mois après la mort de Koben, comme l'avait laissé entendre Otsugi, Kaé était encore plus écrasée de chagrin et de solitude. A la moindre occasion, ses larmes coulaient, lui brûlant les paupières, et provoquant de surcroît au fond de ses yeux une douleur lancinante qui lui vrillait toute la tête. Elle mettait cela sur le compte du chagrin, et continuait à vaquer aux soins du ménage comme par le passé, en s'essuyant les yeux de temps à autre, et en les pressant de ses doigts pour les soulager. C'était surtout la nuit que sa fille lui manquait. Otsugi lui avait décrit ce tourment comme un besoin de s'écorcher vive, mais chez Kaé, qui n'avait pas la même violence de caractère, le chagrin ne se traduisait pas ainsi. Elle se sentait simplement épuisée, vidée, et l'inanité de cette douleur l'exaspérait.

Elle finit par se demander si le liquide visqueux qui lui mouillait les paupières n'était pas plutôt du sang que des larmes. Ce ne fut que beaucoup plus tard qu'elle découvrit que c'était en fait une chassie jaunâtre.

Elle s'aperçut vers cette époque que, de temps à autre, son mari prenait une infusion avant de se coucher. Cela attira d'autant plus son attention qu'elle avait remarqué que, à plusieurs reprises, il ne s'était pas réveillé lorsqu'on était venu le chercher en pleine nuit pour une urgence.

— Est-ce que par hasard vous ne seriez pas en train de prendre de l'anesthésique ?

Elle posa la question d'une voix fluette et anxieuse, où perçait néanmoins la conviction d'avoir touché juste.

— Tu as remarqué ça ! Très bien ! J'ai eu l'idée de préparer une infusion à peine plus forte qu'un simple somnifère. Eh bien, ça a un effet plutôt bénéfique, ça me procure un sommeil plus profond, plus reposant.

— Ne plaisantez pas avec cela, mon ami. Que se passerait-il s'il vous arrivait quelque chose sans personne à côté ? Et d'ailleurs, avant toute chose, vous devez être en mesure de courir à tout instant au secours d'autrui. Si vous ne pouvez pas vous lever au moment où l'on vient vous appeler, cela risque de nuire à votre réputation.

— Heu...

C'était la première fois que sa femme lui donnait un conseil, et il se méprit en lui voyant des yeux larmoyants. D'étonnement, il acquiesça docilement.

— Pourquoi ne pas plutôt m'utiliser ?

— Tu m'as déjà été fort utile en absorbant une dose d'essai qui était beaucoup trop forte. Grâce à toi, j'ai pu établir la dose optimale, et c'est largement suffisant.

— Mais votre mère vous a bien servi deux fois !

— Ce que je lui avais fait prendre n'était pratiquement qu'un somnifère.

Cette fois, ce n'était pas l'esprit de rivalité qui poussait Kaé à parler ainsi. En faisant allusion à Otsugi, elle s'était plus laissé entraîner par la force des mots que par la malveillance. Elle ne voulait pas que Seishû, qui avait acquis la confiance et la gratitude de tant de gens, risquât sa vie en s'exposant à un accident ou à une erreur ; elle, en revanche, n'avait plus de raison d'être depuis que sa fille unique était partie, et, n'ayant rien à perdre, pouvait sans regret prêter son corps à autant d'expériences qu'il en faudrait pour perfectionner l'anesthésique. Non, en fait, ce qu'elle voulait par-dessus tout, c'était sentir à nouveau son sang bouillonner comme un mascaret, retrouver l'impression d'écrasement violent de la cage thoracique et de chute vertigineuse dans le coma : cela seul parviendrait peut-être à lui faire oublier son chagrin, fût-ce partiellement. Elle avait un désir impérieux d'absorber l'anesthésique. Elle mit alors toute son insistance à persuader son mari de l'utiliser une seconde fois.

Seishû tergiversait. Il vivait un dilemme. D'une part, il s'en voulait de lui avoir administré une dose trop forte lors de la première expérimentation, deux ans auparavant, mais, d'autre part, ses recherches avaient progressé, et il avait maintenant une confiance sans bornes dans la perfection de sa préparation, qu'il brûlait d'essayer à nouveau.

— Dans ce cas-là, Kaé...

Il avait pris les mains de sa femme, et les serrait.

— Oui, mon ami...

Les larmes débordèrent. Elle avait les larmes si faciles, depuis la mort de sa fille. Et toujours cette douleur au fond des yeux...

Lorsqu'on mit Otsugi au courant de ce projet, elle fronça légèrement ses beaux sourcils, et dit :

— Ah ! c'est donc ça !

C'était la première fois qu'elle reprenait ce ton de colère depuis qu'elle avait consolé sa bru en la serrant dans ses bras. Ce n'était plus la même femme. Comme pour contenir son irritation, elle se contenta de répéter : « Ah ! c'est donc ça ! » Mais elle s'abstint de faire part de son opinion à son fils. Seulement, au jour dit, alors que Kaé, assise sur sa couche, s'apprêtait à avaler la dose prévue, elle lui glissa à voix basse :

— Kaé, vous voilà enfin dans l'état où j'étais quand je venais de perdre Okatsu.

Ni Seishû ni Kaé ne comprirent ce qu'elle voulait dire par là.

Il y avait une tasse remplie d'un mélange d'eau chaude et d'eau-de-vie. Seishû ouvrit un carré de papier violet renfermant une poudre d'un noir rougeâtre.

— Il n'y en a pas beaucoup, dit Otsugi, qui, sous couleur de rassurer Kaé, lui lançait ainsi une pointe.

— Provisoirement, j'ai appelé ça *Tsûsensan*. Cette quantité de poudre équivaut à une brassée d'herbes fraîches, mais pour faciliter la prise, on les a fait réduire par décoction, et on a pilé le résidu.

Kaé se remplit la bouche de cette eau chaude à l'odeur d'alcool, et, se renversant en arrière comme le lui demandait son mari, elle garda les lèvres entrouvertes tandis que Seishû lui soutenait le menton d'une main et versait de l'autre la poudre dans sa bouche. Otsugi, immobile, observait la scène sans mot dire.

Seishû avait précisé qu'il s'agissait de la dernière expérimentation. Cela faisait des années qu'il se consacrait à cette recherche. Dans le temps écoulé, il y avait pour Otsugi un monde de souvenirs, incommensurable. Seishû, maintenant, était parfaitement sûr de lui. Otsugi n'avait aucun doute quant à la réussite de l'expérimentation. Mais quelque chose en elle l'empêchait de s'en réjouir en toute simplicité. Assise, impassible, elle songeait à l'âge qu'elle avait. Soixante-quatre ans. Elle savait bien que les élèves nouvellement arrivés s'émerveillaient de sa beauté et de sa jeunesse, et que, lorsqu'on leur rapportait son histoire, désormais légendaire, ils l'écoutaient en la ponctuant de hochements et de commentaires approbateurs. Mais la vieillesse était inéluctable, et elle sentait approcher sans pouvoir y faire davantage échec ce qu'elle avait redouté plus que la mort même. Telles étaient les pensées qui la hantaient.

Le *Tsûsensan* n'agissait pas aussi brutalement que la préparation précédente. Il anesthésiait Kaé tout doucement, et elle ne se sentait pas oppressée. Sa conscience s'estompait, comme submergée par un épais brouillard.

— Ah ! fit-elle.

Seishû se pencha sur elle, et lui demanda ce qu'elle avait. Mais elle le rassura d'un hochement de tête imperceptible.

Elle venait simplement de saisir le sens exact de ce qu'Otsugi avait dit un moment auparavant. Elle avait certainement voulu souligner l'avance qu'elle avait sur sa bru, mais Kaé, maintenant, entendait surtout dans cette phrase la plainte douloureuse, le cri de solitude d'une femme désespérée, elle aussi, par la perte de son enfant. Et à cet instant, il ne s'agissait plus pour elle de remporter une victoire sur sa belle-mère. Elle se laissa paisiblement aller ; elle n'avait pas peur. Et sans même rêver de Koben comme elle s'y était attendue, elle sombra dans le coma.

Cette fois encore, Seishû ne quitta pas un instant le chevet de sa femme. Il restait sourd aux instances pleines de sollicitude d'Otsugi, qui le suppliait d'aller s'étendre pour prendre un peu de repos. A minuit, il vérifia le pouls de Kaé, et nota longuement ses observations sur le cahier devenu maintenant volumineux. Il releva à plusieurs reprises la chemise de sa femme, et lui pinça la face interne des cuisses, mais elle ne bougea, ne gémit même pas. A chaque fois, Seishû examinait les nœuds qu'elle s'était faits aux genoux et aux chevilles. Comme elle ne s'était pas débattue, cette fois-ci, la cordelette ne s'enfonçait pas dans sa chair. Seishû avait visiblement plus d'assurance que la fois précédente, et il assistait au profond sommeil de sa femme d'un air satisfait. Malgré son impassibilité apparente, Otsugi dévorait du regard le profil serein de son fils.

Le lendemain, dès le lever du soleil, Kaé se réveilla. Une douleur atroce au fond des yeux la fit hurler.

— Kaé ! Tu m'entends ?

— Oui !

— Tu ne peux pas t'asseoir seule ?

— Si.

Cette fois, elle pouvait bouger, et même, avec l'aide de Seishû, se redresser et s'asseoir, les jambes repliées de côté sur la couche étendue à même le sol. Elle saisit de ses mains tremblantes la tasse qu'on lui tendait, et la porta à ses lèvres. En plus du jus de soja noir, comme la fois précédente, le breuvage semblait contenir plusieurs autres ingrédients. Cela lui remit en mémoire l'anesthésique, et elle se dit qu'elle ne s'était pas trompée, que le *Tsûsensan* était bien à base de datura et de racine d'aconit. Mais à peine eut-elle fini de boire qu'elle se couvrit les yeux de ses deux mains, et se laissa tomber en avant sur les coudes, incapable de contenir davantage sa souffrance.

— Qu'est-ce que tu as, Kaé ?

— Je suis désolée.

— Dis-moi ce que tu as. Dis-moi tout ce que tu ressens.

— Ce sont mes yeux.

— Qu'est-ce que tu dis ?

— J'ai mal. Un mal de tête aigu et lancinant derrière les yeux !

La profonde déception qui assombrit à ce moment-là le regard de Seishû n'échappa pas à Otsugi.

— Depuis la mort de Koben, Kaé n'a cessé de pleurer. Cela a dû finir par affaiblir ses yeux. Ce n'est pas votre médicament qui est en cause. Une compresse d'eau froide suffira à calmer la douleur...

Otsugi se leva sur ces mots, et sortit de la chambre pour aller au puits, un linge à la main. Koriku, aidée des bonnes de la maison, lavait les gros *daïkon* [1] printaniers entassés autour du puits.

— Oh ! c'est vous, mère ? Comment va ma belle-sœur ?

— Elle vient de reprendre conscience.

— Ah oui ? Ça a été rapide, cette fois.

— Ce n'est sûrement pas plus grave que ça ne l'a été pour moi, mais que d'histoires elle fait !

— Qu'a-t-elle, mère ?

— Elle n'arrête pas de se plaindre, de dire qu'elle a mal aux yeux. Une compresse d'eau bien fraîche la calmera, je venais justement au puits pour la préparer.

— Les yeux de ma belle-sœur...

Koriku s'était relevée. L'horreur lui tordait la bouche. Otsugi poursuivit :

— Elle pleure sans discontinuer depuis la mort de Koben, alors, évidemment, ses yeux en pâtissent. Mais elle pourrait au moins se taire pour ne pas angoisser Umpei, non ? Il se demande si ce

1. Radis à peau blanche et au goût piquant, qui fait 50 centimètres de long ou plus, et 10 centimètres de diamètre ; très apprécié cuit, comme légume, et cru, comme condiment. *(N.d.T.)*

n'est pas à cause de son médicament. Elle manque de discrétion.

— Mère !

Le regard de Koriku étincelait de colère. Quand Otsugi, surprise par son ton réprobateur, leva enfin les yeux sur elle, elle vit sa fille, d'ordinaire si effacée, se dresser devant elle et hurler comme une folle, indifférente aux bonnes qui l'entouraient, interdites :

— Si ma belle-sœur a mal aux yeux, ça n'a rien à voir avec le fait d'avoir pleuré. Ça ne date pas de la mort de Koben. Vous n'avez donc rien remarqué ? Ma belle-sœur... ma belle-sœur avait les yeux abîmés depuis longtemps. Elle ne voyait parfois plus rien du tout. Il faut que ce soit vraiment grave pour qu'elle dise qu'elle a mal. Elle n'a rien d'une douillette. Mère, il faut parler à mon frère. Si vous ne voulez pas le faire vous-même, c'est moi qui m'en chargerai. C'est depuis qu'elle a pris le premier médicament que ma belle-sœur a les yeux abîmés.

Otsugi la regardait d'un air hébété. Ce qu'elle entendait lui semblait à peine croyable, et l'atteignait pourtant comme la morsure d'un fouet. Le pire, c'était qu'elle n'avait pas un instant soupçonné ce que sa propre fille venait de lui apprendre. Ainsi donc, il y avait déjà longtemps que Kaé souffrait des yeux ! Otsugi sentit le froid monter, de ses mains qui trempaient le linge dans l'eau, et la gagner jusqu'aux os, en un frisson progressif, continu, incontrôlable. Elle n'eut même pas la présence d'esprit de retenir Koriku, qui, déjà, se précipitait vers la salle de travail de Seishû. Koriku disait-elle vrai ?... Pour que cette fille, si douce d'habitude, lui eût parlé avec autant d'aplomb, il fallait qu'elle fût sûre de ce qu'elle avançait. De quoi Otsugi allait-elle avoir l'air, maintenant ? Si elle n'avait pas réagi à l'anesthésique, c'est que son corps ne valait pas mieux qu'une bûche. Et alors, c'était à Kaé qu'allait revenir tout le mérite du sacrifice. Il lui fallait se rendre à l'évidence, elle avait vieilli. Elle se sentit soudain épuisée.

On fit prendre à Kaé un antalgique, on lui posa sur les yeux un bandeau de soie vermillon [1] par-dessus lequel on appliqua, en appuyant, un linge imbibé d'eau froide. Cela sembla la soulager. Au moins, elle ne gémissait plus.

Seishû, lorsque Koriku vint lui raconter ce qu'elle savait, dit, avec une expression à la fois douloureuse et pensive :

— Ah, c'était donc ça ! C'est ce que je me disais. Le *Tsûsensan* ne devrait pas agir sur les yeux. Mais pourquoi donc aucune de vous ne m'a-t-elle dit plus tôt une chose aussi grave ?

D'une part, il se sentait rassuré par les résultats qu'avait donnés le *Tsûsensan* en tant qu'anesthésique, résultats conformes à ses prévisions. De l'autre, il retournait contre sa mère et sa sœur la rage qu'il éprouvait à n'avoir pas été averti, bien que ce fût Kaé qui eût pris l'anesthésique sans le mettre au courant de ses troubles. Lorsqu'il fixa sur sa mère le regard accusateur de ses yeux protubérants, Otsugi, incapable de maîtriser davantage l'émotion qui la faisait trembler, cria :

— Je… Je n'étais pas du tout au courant… Kaé ne me dit rien, à moi !…

— Mère !

Koriku sortit de la pièce en la soutenant. Une fois dehors, Otsugi s'effondra en pleurant dans les bras

1. A l'époque, c'était la seule couleur existante pour la doublure de soie des kimonos. *(N.d.T.)*

de sa fille. Koriku, étonnée de lui trouver un corps si menu, lui caressait le dos d'un geste apaisant, sans mot dire. Constater à quel point sa mère avait vieilli lui faisait mal.

Vers midi, Seishû fit prendre à sa femme du potage de riz, estimant que la douleur devait avoir eu le temps de se calmer.

— Excusez-moi de vous avoir causé un tel souci, dit-elle.

— Mange d'abord.

Kaé se redressa sans aide, et sans même attendre qu'il le lui demandât, expliqua en détail les différences qu'il y avait entre ce qu'elle avait éprouvé cette fois-ci, et ce qu'elle se rappelait de la dernière fois. Elle avait encore les membres ankylosés et la tête lourde, mais c'était supportable.

— Seulement..., dit-elle en hésitant, comme arrêtée par une sorte de pudeur, et en indiquant ses cuisses d'un léger tapotement, j'ai mal ici comme si j'avais un bleu.

— C'est parce que je t'ai pincée à cet endroit. Le plus fort possible, et tu n'as pas réagi !

Seishû eut un rire ravi. Kaé rit aussi, d'un rire de gorge, en se raidissant pour supporter la douleur de ses yeux, puis dit :

— Et mère ?

— Je l'ai priée de bien vouloir aller se reposer.

— Je suis navrée de tant la fatiguer à chaque fois... Dites-moi, combien de nuits se sont écoulées jusqu'à celle-ci ?

— Cette nuit, dis-tu ?

Il fixa sur les yeux de sa femme un regard perçant. Les siens, écarquillés, saillaient encore davantage que d'ordinaire. Dans la chambre éclairée par le soleil de midi, Kaé, les paupières clignotantes et les yeux larmoyants, semblait ne pas le voir.

— Kaé, dit Seishû en l'entourant de ses bras pour la recoucher doucement, as-tu mal ?

— Non, pas autant que tout à l'heure.

— Non ?

Seishû approcha ses doigts des paupières de Kaé, et tandis qu'il constatait longuement l'absence totale de réaction des pupilles, son visage s'assombrit. Maintenant, une fois passée sa joie devant la réussite de son expérimentation, le médecin en lui laissait la place au mari. Le grain de beauté qu'il avait près de la pomme d'Adam, et que Kaé ne pouvait plus voir, tremblait intensément, témoignant d'une émotion contenue à grand-peine.

La douleur au fond des yeux de Kaé s'atténua de jour en jour, mais lorsque la chassie eut disparu, elle était devenue complètement aveugle. Le chagrin de Seishû tandis qu'il observait cette évolution faisait peine à voir. Et même lorsque Otsugi tomba malade, comme un arbre mort, l'événement ne parvint pas à détacher un instant son cœur de sa femme.

Kaé ne pouvait ni soigner ni voir la vieille Otsugi, de qui l'âme semblait s'être déjà retirée. Par une nuit froide, alors que le champ de plantes médicinales était couvert de givre, elle rendit le dernier soupir. Kaé, accompagnée de Yonejirô qui la guidait par la main, était venue assister à l'agonie de sa belle-mère, mais, tout en joignant les mains en silence, elle ne pouvait s'empêcher de penser aux renvois désagréables qui lui remontaient sans cesse dans la gorge. Elle était de nouveau enceinte, une dizaine d'années après sa première grossesse, mais Otsugi mourut sans le savoir. Ryôhei, qu'Otsugi avait voulu faire adopter par Seishû comme héritier, faisait à ce moment-là ses études à Kyôto. Au chevet d'Otsugi, il n'y avait donc que Seishû, sa femme, et Koriku. Jihei, le cadet, alors à Kyôto pour affaires, n'avait pas pu revenir pour la mort de sa mère. Les cendres d'Otsugi furent enterrées dans le cimetière des Hanaoka, devant le lac des Iris, et on lui donna le nom posthume de Renjôin Tomosada Shin'ni, la Pieuse Tomosada, (Intelligente et Fidèle) de la Demeure immaculée du Lotus.

14

Dans le courant de la première année de l'ère Kyôwa [1], il leur naquit un garçon, qui fut donc leur fils aîné. Seishû lui donna son propre nom courant, Umpei. Kaé, qui ne pouvait voir son enfant, apprit des autres que ses traits rappelaient ceux d'Otsugi, mais cette ressemblance ne la chagrina pas. Sa rancune s'était apaisée avec la mort de sa belle-mère. Et elle ne tirait pas une fierté exagérée de la naissance de l'héritier que cette dernière et elle-même avaient tant attendue.

— Dites-moi, Koriku, Umpei est donc un bel enfant ? demanda-t-elle un jour calmement.

Elle n'éprouvait aucune inquiétude à l'idée qu'Otsugi, dans ses dernières volontés, avait insisté pour faire de Ryôhei, son dernier fils, l'héritier de Seishû, et que la naissance de son fils à elle venait contrecarrer ces plans. Puisque Umpei était le fils de Seishû, né de son épouse légitime, elle n'avait rien à craindre, quand bien même Ryôhei aurait déjà été adopté par son frère aîné.

Koriku ne répondit pas à la question posée, et continua de s'appliquer aux soins du nouveau-né,

1. 1801-1803. *(N.d.T.)*

qui venaient s'ajouter à son travail quotidien. Alors qu'elle n'en avait pas eu assez lors de la naissance de Koben, pour Umpei, Kaé avait trop de lait : ses seins énormes lui donnaient l'air de bomber le torse, comme par fierté. Dès que Umpei se mit à pleurer, Koriku prit son petit neveu dans ses bras, et le déposa doucement sur les genoux de Kaé. Celle-ci, qui n'attendait que ce moment, dénuda immédiatement son buste, et introduisit la pointe de son sein dans la bouche d'Umpei. L'énergie avec laquelle l'enfant tétait la remplissait à chaque fois d'une joie intense. Et cela avait pour effet de renouveler en elle la conscience d'avoir mis au monde un garçon, un héritier. Cela avait été un immense bonheur, sans aucun doute, d'autant plus qu'elle avait cessé de l'espérer depuis longtemps déjà.

Seishû était maintenant un médecin sans rival dans le Kishû. Alors qu'on se préparait à fêter le deuxième anniversaire de la naissance d'Umpei, Seishû fut appelé à l'audience du seigneur de la province, qui lui octroya le rang de samurai, et l'autorisation de porter le sabre.

Seishû lui-même n'attachait pas grande importance aux distinctions officielles, mais, ayant chez lui plus de trente étudiants, il se sentit obligé de célébrer l'événement d'une façon ou d'une autre. Il prit prétexte de cette occasion pour s'estimer, aux yeux du voisinage, justifié à construire un pavillon particulier pour sa femme et son fils. Ce n'était d'ailleurs qu'un bâtiment modeste, mais il était aménagé de façon à faciliter les mouvements de Kaé. C'était maintenant Koriku la véritable maîtresse de la maison. Elle était toujours aussi affairée, mais cela ne l'empêchait pas de penser à Umpei, dont elle s'était occupée pendant ses premiers mois. Elle n'oubliait jamais de demander de ses nouvelles chaque fois qu'elle venait au pavillon, par exemple pour y apporter des gâteaux, denrée rare à l'époque, dont quelque patient leur avait fait présent. Mais elle ne restait jamais longtemps, et se sauvait bientôt, car le travail l'attendait.

Seishû, lui, était au contraire ravi d'avoir ce refuge où se détendre et échapper un moment à ses préoccupations, et il y venait souvent bavarder avec sa femme et jouer avec son fils.

Kaé, bien que réduite à une existence d'infirme, était en fait plus heureuse qu'auparavant, maintenant qu'elle se sentait entourée par tous d'affection et d'égards. Il lui semblait même que sa cécité avait été le prix à payer pour ce bonheur. Bien sûr, elle était privée du plaisir de voir son enfant et de le soigner comme le pouvaient les autres mères, mais elle ne regrettait rien. Elle sentait et savait, sans le voir, qu'aussi bien les élèves que les patients de son mari lui portaient l'admiration et le respect que l'on réserve à une sainte. Elle savait aussi qu'au cours des promenades qu'elle faisait, guidée par une petite bonne, sur le chemin de Hirayama, les paysans qui la voyaient passer interrompaient leur travail et échangeaient des signes de tête entendus. Jusque-là, l'histoire des Hanaoka, c'était celle qui racontait comment Naomichi avait réussi à épouser la belle Otsugi. Désormais, c'était le dévouement de Kaé qui en serait le thème central, et elle avait pleinement conscience d'entrer vivante dans la légende.

Depuis qu'elle était installée dans le nouveau pavillon, Kaé avait adopté à son insu une posture fière et gracieuse, digne d'Otsugi, et, quelle que fût l'heure de la journée à laquelle on la surprenait, on la trouvait toujours assise le buste bien droit. De même qu'Otsugi avait puisé dans une conscience aiguë du regard des autres la force de conserver très tard toute sa beauté, de même Kaé semblait se modeler selon l'image que l'on se faisait d'elle.

— Et si on allait se reposer dans une ville d'eau, Kaé ? proposa un jour Seishû.

— Parlez-vous sérieusement, mon ami ? J'ai beau vivre retirée ici, je sais à quel point vous êtes débordé de travail là-bas.

— C'est vrai, et ce n'est pas que mes patients m'ennuient. Mais quand on ne voit toute la journée que des cas de routine, on finit par en avoir assez. On peut dire au premier coup d'œil quels sont les incurables, et quels sont ceux que l'on pourra traiter ; ça devient monotone. Ces derniers jours, d'ailleurs, je passe mon temps à décapiter des abcès et à les vider ; c'est lassant, à la longue.

Kaé se tenait dans une attitude irréprochable, les jambes repliées sous elle, le corps reposant sur les talons, les mains posées sur son giron, et écoutait Seishû qui parlait, étendu de tout son long sur les tatamis. Elle se rappelait l'époque où il avait vécu entièrement absorbé dans ses recherches sur l'anesthésique. Elle se disait que c'était un homme qui n'avait le sentiment de vivre que lorsqu'il pouvait se consacrer corps et âme à un but.

— Tu sais, mes jambes...

— Qu'est-ce qu'elles ont ?

— Elles sont souvent ankylosées. Tu sais, c'est comme lorsqu'on reste trop longtemps assis en tailleur. Je sais d'où ça vient. Ce sont les expérimentations que j'ai faites sur moi-même. Mais je ne peux pas m'empêcher de penser que c'est mon état d'esprit, mon impatience, qui se répercute sur mes jambes. Je sens que j'ai besoin de me les dégourdir ; d'ailleurs, elles le réclament...

Ainsi donc, l'anesthésique ne l'avait pas seulement privée, elle, de la vue, voilà qu'il minait maintenant les jambes de son mari. Elle resta sans voix. Elle comprenait enfin pourquoi il avait pris l'habitude d'allonger les jambes, et même de s'étendre de tout son long dès qu'il venait la voir dans le pavillon. Maintenant qu'il avait atteint un palier dans ses recherches, il ne se conduisait pas autrement que son fils Umpei lorsque celui-ci se lassait d'un jouet et trépignait d'impatience en attendant le suivant. Elle ne savait comment dissiper son ennui. D'ailleurs, en général, c'était surtout lui qui parlait, tandis qu'elle, taciturne par nature, se contentait de l'écouter.

On entendit tout à coup un grand brouhaha venant de la maison principale. Alarmée, Kaé tendit l'oreille, et Seishû se redressait lorsque Yonejirô entra précipitamment et dit :

— Une femme encornée par un taureau, Maître !...

— Où est-elle touchée ?

— Au sein.

Yonejirô reprenait haleine, mais une lueur d'intérêt s'alluma soudain dans le regard de Seishû.

— Au sein, dis-tu ?

— Oui, elle a eu le sein gauche déchiqueté, il a éclaté comme une grenade trop mûre. Les chairs sont complètement déchirées. Si ç'avait été un homme, ça lui aurait transpercé le cœur directement. Mais elle ne survivra peut-être pas, avec le sein dans un état pareil.

— Qui sait ? C'est ce qu'on nous a toujours affirmé, mais personne n'a jamais vérifié si oui ou non une femme pouvait survivre avec une plaie au sein. Je vous rejoins tout de suite. Préparez le nécessaire pour la désinfection et la suture.

Kaé suivait la conversation avec attention, et il lui semblait voir son mari retrouver toute sa vivacité.

Lorsqu'elle fut de nouveau seule, comme abandonnée, après le tourbillon de leur départ précipité, son cœur battait très fort. Le sein... Elle se rappela d'abord leur première nuit ensemble, puis le sein atrocement boursouflé, comme une citrouille trop mûre, sur la poitrine squelettique d'Okatsu épuisée. Et elle se souvint que ce qui avait alors tourmenté Seishû, c'était de ne pas pouvoir intervenir sur ce cancer parce qu'il touchait le sein.

Joignant les mains, elle adressa une prière à l'âme de sa belle-sœur, morte dix ans plus tôt. Enfin se présentait pour Seishû l'occasion de vérifier ses conjectures, ce dont il soulignait quotidiennement la nécessité à ses élèves. Kaé avait l'impression d'assister à la scène : elle le voyait laver le buste de la femme allongée sur une grande feuille de papier huilé, arrêter l'hémorragie, désinfecter la plaie, la badigeonner d'un antalgique, et la suturer. Tendu, le souffle rauque, les yeux injectés de sang, il agissait, brûlant de savoir enfin si oui ou non la moindre blessure au sein était mortelle pour la femme. Kaé se concentra entièrement sur sa prière. Ne connaissant presque rien à la médecine, elle ne pouvait formuler aucun souhait concret. Elle ne pensait même pas à demander la vie sauve pour la blessée. Elle priait seulement, et de toute la force de son âme, pour que son mari retrouve une raison de vivre, aussi absorbante que l'avait été sa recherche sur l'anesthésique, qui, à l'époque, l'avait obnubilé au point de lui masquer le conflit entre sa mère et sa femme.

Il se passa plusieurs jours avant que Seishû revînt

la voir au pavillon. Mais elle pouvait l'imaginer, rivé au chevet de la patiente, entouré des élèves qui observaient alternativement le Maître et la femme.

Elle demanda des nouvelles de cette dernière à Koriku, venue lui rendre visite.

— Comment va la patiente ?

— Comme elle a survécu jusqu'à présent, on espère la sauver.

— Tant mieux.

— Mais c'est vraiment parce qu'elle est exceptionnellement solide qu'elle a une chance de s'en tirer. D'ailleurs, j'ai appris qu'elle avait une réputation de grande travailleuse. Et ça ne m'étonne pas. Elle a souffert atrocement, ses hurlements étaient insupportables, et pourtant j'ai l'habitude. Je crois qu'on a raison de dire qu'avec une blessure au sein, une femme est condamnée. Quand il s'agissait de ma sœur aînée, mon frère semblait hésiter entre l'opérer et la laisser tranquille. Mais affaiblie comme elle l'était, elle n'aurait de toute façon pas survécu. La douleur de l'opération est épuisante.

Depuis qu'elle était aveugle, Kaé avait de moins en moins d'occasions de parler. Était-ce pour cette raison, ou parce que c'était maintenant elle la maîtresse, que Koriku, en revanche, était devenue plus loquace, et n'avait rien conservé de son ancienne docilité ?

Ce jour-là, elle était venue, toute vibrante de l'excitation qui régnait dans la grande maison, et s'était montrée volubile. Mais elle repartit aussitôt. Seishû vint voir Kaé peu après, pour la première fois depuis plusieurs jours.

— Kaé ! s'écria-t-il avec une joie enfantine.

— Oui, mon ami ?

— C'était bel et bien un préjugé que d'affirmer

que le sein est en rapport direct avec la vie de la femme. Maintenant, j'en ai la preuve, et je n'attends plus qu'une patiente atteinte d'un cancer du sein.

— J'en suis heureuse pour vous. Je ne pouvais pas vous aider, mais j'ai passé tout mon temps à prier l'âme d'Okatsu.

— Okatsu !

Toute joie disparut soudain du visage de Seishû, et il fronça les sourcils. Sa voix s'assombrit.

— Même si c'était aujourd'hui qu'elle tombait malade, je ne pourrais pas la sauver.

— Et pourquoi donc, mon ami ?

— Ne dit-on pas que ni le médecin ni le devin ne peuvent être d'aucun secours aux membres de leur propre famille ?

Kaé devait se souvenir longtemps de cette conversation. Sans qu'elle sût au juste pourquoi, la réponse de Seishû l'avait mise mal à l'aise. Faisait-elle vraiment partie de sa famille ? Elle vivait maintenant entourée d'affection, et ne doutait pas de l'amour de son mari. Mais pour convaincue qu'elle fût d'être aimée de lui, elle ne parvenait pas à croire qu'elle le serait jamais autant que ses parents, ou ses frères et sœurs. Ces pensées lui revenaient surtout lorsque son fils faisait la sieste à côté d'elle, ou lorsqu'elle restait seule, les nuits où Seishû ne venait pas.

Ce fut encore elle qui s'aperçut la première de la maladie de Koriku. Elle remarqua que cette dernière avait la voix beaucoup plus rauque, et était souvent essoufflée. Or Kaé avait l'ouïe très fine depuis qu'elle avait perdu la vue.

— Qu'est-ce qui vous arrive ? Vous êtes sûrement malade ! Ça ne peut pas être une simple fatigue.

— Vous croyez ?

— Je pensais que nous étions assez intimes pour que vous me fassiez confiance.

— Moi aussi, je croyais que vous ne me cachiez rien.

Koriku répondit cela avec un petit rire, qui suffit à l'essouffler.

— Pourquoi dites-vous cela, Koriku ?

— N'attendez-vous pas un autre bébé, Sœur aînée ?

Koriku avait deviné juste, et Kaé devint cramoisie. Umpei avait trois ans, et elle en avait déjà quarante-quatre. Depuis qu'elle était dans ce nouveau pavillon, Seishû se montrait plus amoureux. Elle en était heureuse, bien sûr, mais elle avait tout de même honte de se trouver enceinte à cet âge-là. Comme elle restait silencieuse, Koriku se mit à parler d'elle-même :

— Quant à moi, ça ne sert à rien d'en discuter. Parce que c'est comme pour Okatsu. J'ai d'abord eu une grosseur au cou. Puis j'ai commencé à ressentir une fatigue de tout le corps. Au début, j'ai pensé que c'était parce que j'avais un peu trop grossi, mais…

— Au cou, dites-vous ?

— Oui.

Kaé palpa le cou que lui tendait docilement Koriku immobile. Là où son frère Seishû avait un grain de beauté, elle avait une masse de la taille d'une prune. Kaé sentit sous ses doigts une pulsation semblable à celle du pouls.

— C'est un angiome, n'est-ce pas ?

Koriku disait cela d'une voix impassible. Kaé était de son avis, et ne savait que dire. Elle n'avait aucune connaissance précise de cette maladie, mais elle se souvenait avoir vu autrefois plusieurs patients atteints de ce mal venir consulter. C'était la paroi de l'artère qui se distendait, et formait une poche. Les gens disaient que c'était une tumeur qui se développait en aspirant le sang de tout le corps. Il s'agissait, là aussi, d'une maladie incurable. L'un des patients qu'elle avait vus avait cette « tumeur » à l'aisselle, et il la soutenait de la paume de sa main comme un *kaki* mûr. Un autre portait à l'occiput une masse énorme, comme s'il avait eu deux têtes. Ils respiraient difficilement, et lorsqu'ils avaient quitté Seishû, leur regard était désespéré.

Kaé informa immédiatement son mari, qui, à son tour, examina sa sœur dans le pavillon même sans tarder.

— Je vais dire à Yonejirô de te préparer une potion. Tu en prendras trois fois par jour.

— Oui, merci, Frère aîné.

Koriku rentra à la grande maison. Seishû resta silencieux.

— Qu'en pensez-vous ? demanda timidement Kaé.

— Hm.

— N'est-ce pas ce qu'on appelle angiome ?

— Si, c'est ça. Un angiosarcome.

Il répondait sans aucune hésitation.

— Voilà longtemps que je me demande si ça ne pourrait pas être une forme de cancer. Un cancer de l'artère.

— Ça serait donc comme pour Okatsu ?

— Hm.

Kaé sentit bouger le fœtus. Il manifestait sa vitalité, et lui rappelait sa présence, au moment où elle songeait à Koriku qui allait mourir. Silencieuse, elle pensait au mystère effrayant de la vie et de la mort. Déjà, quand Otsugi était mourante, Kaé souffrait des nausées de sa seconde grossesse.

— Kaé, dit soudain Seishû en soupirant, on aura beau progresser en médecine, on ne viendra jamais à bout de toutes les maladies. Aujourd'hui, j'ai eu une patiente atteinte d'un cancer du sein.

— Oh ! vraiment ?

— C'est une vieille femme très courageuse. Elle est plus enthousiaste que moi, elle dit même que ça lui est égal de mourir, du moment que c'est au cours d'une opération faite par moi. Comme c'est la première intervention de ce genre, je dois redoubler de prudence. Je lui ai donc prescrit de quoi guérir son béribéri avant tout. Mais je pense qu'il y a neuf chances sur dix que l'opération réussisse. Le moment est venu. Je voulais t'annoncer cette nouvelle.

— Comptez-vous utiliser le *Tsûsensan ?*

— Bien sûr. Et avec ça, je guérirai certainement cette femme. A cette idée, je vibre d'impatience comme un guerrier avant de partir au combat. Je n'arrivais pas à retrouver mon calme, alors j'ai pensé à venir t'en parler.

— Oh ! je vous ai donc coupé la parole depuis le début. Pardonnez-moi, mon ami.

— Ce n'est rien. Mais j'ai vraiment eu l'impression qu'on m'assénait un coup de massue. J'ai compris que, même si je réussissais, comme je l'espère, à guérir tous les cancers du sein, je ne maîtriserais pas pour autant tout l'art de la médecine. J'ai vérifié qu'une femme pouvait survivre à une lacération du sein. Mais cet angiome, on ne peut pas y toucher. N'est-ce pas en se perforant l'artère à cet endroit que les femmes se suicident, traditionnellement ?

— Oui, c'est ce qu'on m'a appris autrefois. On recommande de s'efforcer de revenir au calme, de palper une zone à la naissance du cou, et d'enfoncer le poignard à l'endroit où l'on sent une palpitation.

— Chez Koriku, c'est justement là qu'est située la masse en question. On ne peut pas l'opérer.

Seishû resta silencieux un long moment, et finit par pousser un soupir. Puis, comme en crachant les mots, il déclara :

— Le chemin de la médecine est sans fin. Quel que soit le nombre des cadavres que l'on pourra disséquer, on n'arrivera jamais à tout savoir.

Plusieurs années avant sa naissance, Yamawaki Tôyô avait pour la première fois au Japon pratiqué la dissection sur les cadavres des exécutés. Et Seishû avait quinze ans lorsque Sugita Gempaku avait publié sa *Nouvelle Anatomie*, fondée sur des ouvrages hollandais et sur sa propre pratique de la dissection. Ces deux événements avaient fait date dans la médecine japonaise, mais, depuis, rien de remarquable n'avait été accompli, malgré la diffusion croissante du savoir occidental par le biais de la langue hollandaise. Seishû lui-même, qui avait déclaré à l'érudit Keizan qu'il deviendrait un médecin hors pair, prenait maintenant conscience de l'obstacle qui se dressait devant lui. Il s'apercevait que, même s'il pouvait guérir des maladies devant lesquelles les autres restaient impuissants, il n'avait pas pour autant résolu tous les problèmes qui se posaient en médecine. Bien sûr, il avait déjà à son actif la mise au point d'un anesthésique local et de diverses préparations médicinales, sa technique de suture était parfaitement fiable, ses diagnostics s'étaient toujours révélés exacts, et ses prescriptions efficaces. Enfin, il allait bientôt réaliser son vœu de longue date, l'opération d'un cancer du sein. Or, à peine commençait-il à se familiariser avec la joie escomptée d'une réussite dont il ne doutait pas, qu'il lui fallait apprendre que sa propre sœur allait mourir d'un mal encore plus désespérant. Cela le conduisait à mesurer ce qui échappait encore à ses compétences, plutôt qu'à se féliciter de ses succès. D'ailleurs, ce n'était pas la première fois : Kaé avait perdu la vue. Bien sûr, cette infirmité sortait de son domaine, mais il avait dû assister sans pouvoir y remédier aux ravages qu'avait exercés sur sa femme l'anesthésique qu'il avait inventé. Il se mordit les lèvres : les secrets du corps humain étaient impénétrables. A la veille d'opérer un cancer du sein pour la première fois dans l'histoire du Japon, il ne se souciait plus du prestige. Avec toute l'humilité requise d'un médecin, il s'efforçait de ne rien négliger. Il voulait d'abord débarrasser la patiente de ses troubles secondaires : l'opération réussie, il ne fallait pas qu'une autre maladie se déclarât, inguérissable celle-là. Telle était la leçon qu'il avait tirée de la cécité de Kaé.

L'année révolue, et au début de l'été suivant, leur fille cadette Kame naquit. L'angiome de Koriku s'était développé jusqu'à avoir la même taille que la tête du nouveau-né. Naturellement elle ne pouvait plus s'occuper du ménage, et ne pouvait même plus se retourner sur son lit, sur lequel elle était comme clouée. Kaé tenait à soigner cette belle-sœur de tout son cœur. Bien que limitée par son infirmité, elle trouva un geste à sa portée, et dont Koriku avait un réel besoin : il consistait à masser ses membres douloureux. Koriku ne tenait plus à la vie que par un fil, survivant à grand-peine d'eau et de potage de riz très cuit, qui seuls pouvaient passer, quoique difficilement, par sa gorge rétrécie, écrasée par la grosse tumeur.

Dans une chambre étroite du pavillon, deux couches étaient étalées jour et nuit. Dans la plus petite il y avait Kame, dans l'autre Koriku. Kaé, assise entre les deux, donnait à téter à Kame et lui changeait ses langes à tâtons chaque fois qu'elle commençait à pleurer, et en se retournant, frottait les bras et les jambes de Koriku quand la douleur l'assaillait.

C'était un été fort chaud. Koriku maigrissait rapidement, comme le constataient les mains de Kaé. La nourriture ne passait plus guère par sa gorge, au point qu'on se demandait si l'angiome, à force de grossir, ne la tuerait pas par parasitisme. Son corps, dont ne restaient que la peau et les os, transpirait encore énormément sous la souffrance qu'elle endurait. En la soulevant pour la changer, Kaé fut surprise de découvrir que Koriku, forte à l'âge mûr, était devenue aussi légère qu'un fagot de branches mortes. Son poids semblait moins réel que celui du nouveau-né. Kaé laissa couler ses larmes.

— Sœur aînée, vous pleurez ? demanda Koriku d'une voix basse et rauque.

— N'est-il pas étrange que mes yeux, qui ne voient plus, laissent quand même couler des larmes ?

Kaé se hâtait de se réfugier dans la plaisanterie, mais Koriku avait toute sa perspicacité.

— Pourquoi pleurez-vous ?

— Moi, votre grande sœur, je n'ai jamais rien pu faire pour vous. Je vous demande pardon.

— Voyons, que dites-vous là ? Je n'ai rien à vous reprocher, Sœur aînée.

— Mais je ne vous ai pas mariée, et par-dessus tout, je vous ai laissé tous les travaux du ménage. Et vous voici malade, dans cette même maison. Je veux que vous guérissiez à tout prix.

— Sœur aînée, s'il s'agit de cela..., commença Koriku d'une voix soudain claire, s'il s'agit de cela, au contraire, je vais mourir contente de ne m'être jamais mariée. C'est mon plus grand bonheur. J'ai trouvé ces relations humaines effrayantes. Lorsque, récemment, mes petites sœurs sont venues célébrer la commémoration de la mort de notre mère, elles ne disaient que du mal de leurs belles-mères. Je les ai laissées parler sans relever, pensant que cela les aiderait à oublier. Ce conflit entre deux femmes n'est pas particulier à cette maison. Chaque maison est un terrain mouvant qui les enlise inéluctablement toutes les deux. Si le mariage ne peut mener qu'à cet enlisement, pourquoi les femmes quittent-elles leur maison natale en grande toilette ? Le merveilleux costume à manches larges et à traîne épaisse n'est qu'un prélude à l'enfer qu'elle connaîtront dès le lendemain. Ma grande sœur Okatsu et moi mourons de maladies analogues, mais je pense quand même que notre souffrance est sûrement moins pénible que celle que vous avez endurée.

— Qu'est-ce que vous dites, Koriku ? Mais non. J'ai été une bru que votre mère a choisie de son plein gré. Votre belle et intelligente mère m'a chérie comme sa propre fille.

— Sœur aînée, n'essayez pas de sauver les apparences avec moi. Je ne pouvais pas prendre parti contre ma propre mère. Mais j'ai observé attentivement ce qui se passait entre vous.

— Vous ne devriez pas dire cela, Koriku. J'ai peur que ce bavardage ne vous fatigue. Allez, reposez-vous maintenant.

— Sœur aînée, continua Koriku sans donner de signe d'acquiescement et sur un ton soudain méchant, vous ne regrettez pas d'avoir pris un médicament si fort qu'il vous a fait perdre la vue. Pourquoi cela ? Toutes deux, en rivales, vous avez pris un médicament dont le danger était connu.

Alors, pourquoi ? La réputation que mon frère s'est depuis lors acquise fait applaudir tout le monde à votre dévouement, mais...

— Koriku, vraiment, qu'est-ce que vous inventez là ?

Kaé perdait contenance. Son âme était troublée. Mais il fallait effacer ce malaise au plus vite. Kaé continua à parler pour faire taire sa belle-sœur.

— Notre mère a été une femme admirable. J'en suis convaincue. Grâce à elle, j'ai pu, en tant que bru, être de quelque utilité à cette famille de médecins. Comme nous n'étions pas vraiment mère et fille, il est arrivé que je fasse des choses qui ne lui plaisaient pas. Je me suis parfois montrée intransigeante aussi. Mais cela arrive dans toutes les relations humaines. Moi, je suis persuadée que notre mère a été vraiment intelligente et irréprochable. Enlisement ? Non, par exemple !

— Vraiment, Sœur aînée ?

— Oui, vraiment.

A Koriku qui insistait, Kaé répondit par l'affirmative, tout son calme enfin retrouvé. Se sentant intimement convaincue, elle avait la conscience tranquille.

Dans le visage squelettique de Koriku, seuls les yeux étaient énormes. Maintenant, ils ressemblaient de façon frappante à ceux de Seishû, mais Kaé ne pouvait pas le constater. Koriku, qui fixait depuis un moment les paupières closes de Kaé d'un regard à l'éclat maladif, dit soudain :

— Si vous le pensez vraiment, c'est parce que c'est vous qui avez triomphé.

Kaé se sentit traversée par un trait fulgurant. Elle resta pétrifiée, le souffle coupé. Elle n'avait pas le droit de se laisser désarçonner par ces paroles. Elle n'avait pas non plus la force de réfuter le jugement lucide et impitoyable que portait sa belle-sœur sur son lit de mort. Seule la cécité la sauvait.

Il lui sembla qu'un temps extrêmement long s'était écoulé. Koriku aussi resta longtemps les yeux fermés. Elle attendit que sa respiration se calmât pour recommencer à parler, les yeux toujours fermés. Cette fois sa voix était bien celle d'une gorge rétrécie. Maintenant, elle parlait péniblement, espaçant les mots, d'une voix entrecoupée d'expirations.

— Sœur aînée, ne pensez-vous pas que les hommes sont formidablement dénués de sentiment ? Je pensais qu'un homme comme Frère aîné ne pouvait pas ne pas s'apercevoir de l'animosité qui régnait entre vous et ma mère. Il a dû feindre l'ignorance par paresse, et pour pouvoir vous faire avaler le médicament à toutes deux. En fin de compte, je me demande si, dans chaque maison, il n'y a pas un homme qui exploite de la même façon ce conflit entre femmes. Aucun homme ne veut y mettre fin, et s'il y en a qui parfois s'en mêlent, ceux-là se flétrissent bientôt comme ces orangers sauvages gâtés par l'abus d'engrais. Après mûre réflexion, Sœur aînée, je trouve que les hommes et les femmes vivent dans un système de relations effroyable. Être frère et sœur, c'est autre chose. Si cette maladie vous avait attaquée au lieu de moi, Frère aîné aurait peut-être déjà coupé dans l'angiome pour voir. Mais il ne peut rien faire à sa propre sœur. C'est pour cela que les sœurs du maître de la famille sont considérées comme inutiles et envoyées ailleurs en tant que brus. Cela doit avoir été comme cela depuis toujours, et cela continuera à l'être éternellement. Car les hommes et les femmes existeront toujours les uns et les autres, même si la famille cesse d'être. Moi, je ne veux plus renaître femme dans un monde pareil. Mon plus grand bonheur dans la vie, c'est justement de ne m'être jamais mariée. J'ai réussi à n'être ni bru ni belle-mère.

Kaé ne tentait plus d'empêcher Koriku de parler. L'eût-elle fait pour l'obliger à ménager ses forces que le silence obtenu n'aurait pas fait survivre plus longtemps ce corps déjà si léger. Bientôt Kaé s'aperçut avec horreur que, du tréfonds de son être, son âme criait son approbation à travers la petite fêlure de sa coquille qu'elle avait si longtemps essayé de colmater.

Quant à Seishû, il ne venait plus guère voir sa sœur mourante. Son éloignement provenait sans doute du fait qu'il désespérait de la sauver. La vue d'un être cher dévasté par la maladie devait lui être insupportable. Puisque toutes deux étaient dans le même pavillon, il ne venait pas non plus très souvent voir Kaé, mais celle-ci savait qu'il était totalement absorbé par la préparation de l'opération qu'il devait entreprendre sous peu, et qu'il relisait tous ses documents, depuis ses vieux livres de médecine jusqu'à son *Traité des plantes médicinales,* en passant par les dossiers de tous ses patients. Par l'imagination, elle pouvait suivre tout ce qu'il faisait de beaucoup plus près qu'à l'époque où elle n'était pas encore aveugle.

La malade dont il lui avait parlé était la mère d'un marchand d'indigo du Yamato nommé Rihei. Elle avait soixante ans et s'appelait Kan. Le médecin qu'elle avait tout d'abord consulté pour une grosseur au sein avait immédiatement diagnostiqué une tumeur maligne, mais, jugeant le cas désespéré, avait refusé de la traiter. Grâce à sa position de commerçant, Rihei était à même d'apprendre ce qui se passait dans les régions les plus éloignées, et c'est ainsi qu'il eut vent de l'existence dans le Kishû d'un médecin capable de soigner les maladies bizarres et rebelles.

Il lui amena sa mère sans tarder ; cette dernière s'était déjà à moitié résignée à une mort imminente, et elle souhaitait simplement mourir sans voir sa tumeur grossir davantage, et après avoir reçu les soins d'un médecin célèbre. Aussi pressait-elle Seishû avec une ardeur étrange d'entreprendre l'opération au plus tôt, alors que ce dernier voulait réfléchir à loisir à la technique la plus appropriée.

Le 13 octobre 1805, année de la naissance de sa fille Kame, Seishû effectua l'opération. Il fit prendre à Kan une quantité soigneusement dosée de *Tsûsensan,* et lui dit de s'allonger sur une large feuille de papier huilé étendue sur le sol de tatamis. Ce fut seulement lorsqu'il eut constaté que l'anesthésique avait agi qu'il enfila d'un geste calme son vêtement de travail, un *haori* de couleur rouille, auquel il avait eu l'idée de faire fixer, à l'endroit où l'on imprimait normalement le blason familial, c'est-à-dire au milieu du dos et sur chaque face des manches, des boucles de cordelettes, par lesquelles, avec l'aide de ses élèves, il faisait passer un cordon que l'on nouait de façon à tirer et à maintenir les manches en arrière, ce qui laissait les bras libres. Et chacune de ces cinq boucles cousues avait le dessin du fameux nœud qu'il avait appris de Kaé. Plus tard, il céda même à son frère cadet le blason familial en forme de fleur de paulownia pour adopter à sa place cette boucle stylisée. Elle avait sans doute à ses yeux le mérite de symboliser à la fois sa carrière de médecin novateur, et la précieuse contribution de sa femme à ladite carrière.

Il a laissé une description détaillée de cette

opération dans ses *Notes sur le traitement expérimental du cancer du sein :*

« Tard dans la matinée du treize octobre, j'administrai à la malade une dose d'anesthésique, le *Mafutsusan.*Elle perdit conscience assez vite. Puis elle entra dans un coma profond, et cessa de réagir aux excitations douloureuses. L'emplacement de la tumeur est indiqué dans le dessin II. Je pratiquai une incision longue de trois pouces au-dessus. L'hémorragie étant déjà considérable, je m'abstins d'inciser davantage. Comme le montre le dessin III, j'introduisis un doigt dans la plaie pour délimiter l'importance de la masse. Elle adhérait aux tissus environnants, si bien que je ne pus l'en séparer (voir dessins IV et V). Je m'efforçai de détacher ces adhérences avec les deux mains, mais, comme elles résistaient, il me fallut les sectionner, en écartant d'une main la masse tumorale. Après l'avoir extraite, je pris des mesures d'hémostase, puis lavai la plaie avec de l'eau-de-vie, et appliquai du *Balsamum copaïvae*[1]. Je suturai la plaie, et y appliquai un onguent. Tout le monde s'accorda à dire que c'était une réussite fabuleuse, aussi miraculeuse que la fabrication de l'or. Je fis avaler à la patiente de l'eau chaude salée. L'effet de l'anesthésique disparut. Je lui donnai ensuite de l'eau sucrée à la glycyrrhizine, et du potage de riz très léger.

« La conscience lui revint complètement, et elle reconnut les choses et les gens autour d'elle. Elle vit la couture sur son sein, et dit avec surprise : “ Où est la boule ? Ce n'est plus enflé ! N'est-ce pas extraordinaire de guérir sans s'en apercevoir, de ne

1. Les mots latins appris au contact des Hollandais ou des Portugais étaient transcrits en japonais au moyen de caractères chinois choisis pour leur valeur phonétique. *(N.d.T.)*

même pas ressentir la moindre douleur ! Et la tumeur a vraiment complètement disparu ! " »

La première opération du cancer du sein fut donc une réussite. Dans le même « journal », un peu plus haut, il avait écrit : « C'est en prenant Hua Tuo pour modèle que je vais tenter de guérir le cancer du sein. » C'est sans doute ce qui le poussa à rebaptiser pour l'occasion son anesthésique *Mafutsusan,* reprenant ainsi le nom de la potion miraculeuse du légendaire médecin chinois. Mais celui-ci l'avait précédé de seize siècles, et n'avait laissé aucun enseignement écrit pour les générations à venir. Pour égaler son illustre prédécesseur, Seishû n'avait donc pas pu faire fond sur un héritage concret, et il lui avait fallu élaborer seul sa technique. Mais il avait à cœur, en une telle circonstance, de citer encore une fois celui dont, depuis sa jeunesse, il se voulait l'émule. Ce simple fait témoigne des espoirs qu'il plaçait dans cette opération, et de la volonté qu'il mit à la réaliser.

Si cette intervention eut une telle importance, ce ne fut pas parce qu'elle représenta un succès personnel pour le nom de Hanaoka Seishû, mais parce qu'il s'agit là de la première opération effectuée sous anesthésie générale dans l'histoire de la chirurgie mondiale. Il fallut attendre 1842 pour que Long utilisât l'éther dans une intervention chirurgicale, aux États-Unis, et 1847 pour que le gynécologue anglais Simpson pensât à recourir au chloroforme dans le même but.

Hanaoka Seishû avait plus de quarante ans d'avance sur eux. Et sa réussite permit, au Japon du moins, de faire progresser les techniques chirurgicales restées jusque-là plutôt timides, et ouvrit l'ère des grandes opérations de notre temps.

Mais sa sœur Koriku ne le sut jamais, car elle

était morte un mois auparavant, silencieusement, la gorge comprimée par un angiosarcome devenu énorme. Elle avait quarante-deux ans. La pierre tombale qu'on lui dressa dans le cimetière familial porte le nom mortuaire de Ryôtô Myôkô Shin'nyo (Dévote qui a trépassé avec une sérénité céleste). Elle était restée lucide jusqu'au dernier moment ; mais elle ne pouvait pas deviner que cent cinquante ans plus tard, son frère recevrait l'hommage posthume d'un Colloque international de chirurgie, pour avoir été le premier médecin au monde à pratiquer l'anesthésie générale, ni qu'une exposition permanente de ses objets personnels se tiendrait à la Maison des Honneurs de Chicago, avec, au mur, un grand tableau représentant Otsugi et Kaé se prêtant à l'expérimentation.

Toute la maisonnée connut une joyeuse animation après l'événement, sauf Kaé qui, isolée, faisait brûler de l'encens et restait les mains jointes devant la tablette funéraire de Koriku. Les larmes coulaient sans arrêt de ses yeux éteints. Le vœu de Seishû était exaucé et les âmes d'Otsugi et de Koriku sûrement apaisées, se disait-elle. Mais les paroles de Koriku résonnaient encore à ses oreilles : « C'est parce que vous l'avez emporté, Sœur aînée. »

A la fin du mois, Seishû vint enfin au pavillon voir sa femme.

— Tu as certainement appris la nouvelle, Kaé. Ça a été une réussite complète. C'est grâce à toi, et aussi à ma mère. Tu vas voir, tous les médecins du Japon vont être ébahis.

Il débordait de joie. Devant sa femme, il pouvait abandonner la réserve qu'il observait en présence de ses élèves. Il n'hésitait pas à se vanter, comme un enfant devant sa mère. Kaé était émue de cette joie, et la partageait, mais elle se sentait gênée intérieurement. Elle n'avait pas l'impression de mériter, en conscience, une telle reconnaissance de la part de son mari.

— Toutes mes félicitations, mon ami. L'âme de notre mère doit grandement s'en réjouir.

Tout en disant ces mots, elle sentit avec un certain malaise peser sur elle le regard réprobateur de Koriku.

15

Dès lors, le nombre de ceux qui vinrent chercher auprès de Seishû une formation de quelques mois s'accrut considérablement. Le succès de l'anesthésie générale attira à Hirayama des chirurgiens venus de tous les points du Japon. Et d'aussi loin que Tsugaru, au nord du Honshû, ou Satsuma, à l'extrémité sud de l'archipel, arrivaient sans cesse des jeunes gens qui demandaient à être acceptés comme élèves, et se débarrassaient dans l'entrée de leur costume de voyage. Ils se comptèrent bientôt par dizaines chaque année. On eut beau ajouter des dépendances à la maison principale, il devint vite impossible de les loger tous dans la même enceinte : Seishû décida finalement de faire construire à proximité une nouvelle maison de taille suffisante.

Le bâtiment principal comportait une salle de consultation et une salle d'opération. Il était relié par une véranda au pavillon où vivait sa famille. Dans un autre corps de bâtiment étaient prévues les chambres réservées aux cas graves, et celles où s'installaient les étudiants, les unes et les autres fort spacieuses. On y trouvait également un atelier de huit tatamis, dans lequel on fabriquait les onguents, un cellier de quatre tatamis, où l'on entreposait les médicaments de base, et une autre salle de huit tatamis, où l'on dosait les préparations pharmaceutiques.

Les communs comprenaient les logements des serviteurs, une écurie abritant deux chevaux, et cinq magasins en pisé où l'on stockait divers objets, du riz et des substances médicamenteuses.

Au total, la nouvelle demeure couvrait deux cent vingt *tsubo* [1], et était fort imposante d'aspect. Ni dans ses dimensions, ni dans son style, elle n'avait plus rien de comparable à la modeste maison au jardin planté d'herbes médicinales, où fleurissait saisonnièrement le datura.

Un toit de chaume avait été prévu, mais il fut en fin de compte remplacé par un toit de tuiles, ce qui donna à la maison achevée une allure luxueuse qui éblouit les habitants de Hirayama.

La maison sentait le bois neuf, une odeur suffocante, évocatrice de prospérité. Seishû la baptisa *Shunrinken* [2], nom qu'il calligraphia lui-même à l'aide d'un gros pinceau, et qu'il placarda dans un cadre au-dessus de la porte principale. Pour les élèves, ce nom était celui de leur école, où ils étaient en quelque sorte internes.

Les chirurgiens n'étaient pas les seuls à affluer de tous les coins du Japon : en bien plus grand nombre encore, des régions les plus éloignées, arrivaient, accompagnés d'un membre de leur famille, des malades dont le cas avait été jugé désespéré.

Le *Shunrinken* se révéla bien vite trop exigu pour les accueillir tous ; aussi des auberges ne tardèrent-elles pas à se monter dans les environs. Celle à laquelle Seishû eut le plus souvent recours, la

1. 726 m^2 *(N.d.T.)*
2. Maison du bosquet printanier. *(N.d.T.)*

Kaikaidô [1], située au voisinage immédiat de la maison, atteignit une grande prospérité. On finit même par l'appeler l'« annexe extérieure », et l'on donna le nom de « nouvelle annexe » au *Hoteiya* [2], qui se créa un peu plus tard non loin de là. Ces noms familiers venaient de ce que les deux auberges logeaient, en plus des malades envoyés par Seishû, les élèves que le *Shunrinken* ne pouvait contenir.

Peu à peu, les paysans de Hirayama eux-mêmes se mirent à héberger des patients de Seishû, ce qui fit du petit village éloigné des grands axes un lieu de plus en plus peuplé et animé.

Le seigneur de l'époque, Tokugawa Harutomi, dixième chef de la branche du Kii, prenait à cœur le développement culturel de son fief. Il se plaisait en la compagnie des érudits, avait invité notamment Motoori Norinaga [3] à venir d'Ise lui rendre visite, favorisait dans les écoles l'étude des textes néo-confucianistes [4], et, sur le conseil de ses médecins privés, fonda une école de médecine. Il ne pouvait donc pas rester indifférent à la réputation que s'était acquise l'un de ses sujets, Hanaoka Seishû.

En 1802, il l'avait élevé au rang de samurai et l'avait autorisé à porter le sabre. A cette occasion, il lui avait proposé de devenir son médecin personnel, offre que Seishû avait déclinée. Il avait motivé son refus en expliquant que sa vocation était de soigner les gens du peuple, ce qu'une fonction officielle ne lui permettrait plus de faire. Là encore, on aurait

1. Maison du bien-être. *(N.d.T.)*
2. Auberge de Hotei (l'un des sept dieux chinois de la Fortune). *(N.d.T.)*
3. Motoori Norinaga (1730-1801) : philologue érudit, promoteur du mouvement *Kokugakubun*, visant à revaloriser la langue et les traditions proprement japonaises. Est surtout connu pour son œuvre de grammairien et de phonologiste. *(N.d.T.)*
4. Mouvement philosophique d'origine chinoise, appelé *Jugaku* ou *Teishu no gaku en* japonais, d'après les noms de ses participants les plus connus, Cheng Hao, Cheng Yi, et Zhu Xi. *(N.d.T.)*

dit Hua Tuo déclinant l'offre de Tsuao Tsuo [1]. Mais pour le seigneur, c'était une question de prestige : il lui fallait à tout prix pouvoir compter un homme aussi brillant que Seishû au nombre de ses protégés. En 1813, il le nomma médecin fonctionnaire. Mais il lui accorda le droit de continuer à résider à Hirayama comme par le passé. En 1819, il lui octroya une promotion, et en 1833, le nomma d'office parmi ses médecins personnels. Il était d'usage à l'époque que les médecins qui accédaient à ce poste se fissent raser la tête. Seishû, lui, préféra jusqu'à sa mort conserver ses cheveux tombant sur les épaules, comme les simples médecins du peuple. Qu'on lui permît une telle dérogation à la règle en disait long sur sa personnalité, et plus long encore sur l'influence que lui valait sa compétence.

Il jouit bientôt d'un tel renom que Sugita Gempaku, l'un des premiers savants à s'intéresser à la médecine hollandaise, lui écrivit pour le prier de le faire bénéficier de son enseignement. Cette lettre atteste en quelle estime le tenaient les milieux scientifiques de l'époque. La voici :

Le 4 mai.

« Monsieur,

« Je me permets de m'adresser à vous, bien que je n'aie jamais eu jusqu'ici l'honneur de vous rencontrer. J'apprends avec plaisir que vous avez bien résisté à la chaleur torride de cette saison.

« La nouvelle de votre exploit est parvenue jusqu'à Edo [2], et nous a procuré une grande joie.

1. En japonais Sôsô, empereur du royaume des Wei. *(N.d.T.)*
2. Ancien nom de Tôkyô, alors capitale du Shogunat. *(N.d.T.)*

Nous l'avons apprise de Miyakawa Juntatsu, du Kaga [1], l'un de vos anciens élèves, qui vient d'arriver à la capitale pour y prendre un poste officiel. Il nous a parlé de votre activité médicale, des traitements que vous avez mis au point, des recherches qui vous occupent depuis de si longues années, et ce qu'il nous en a dit nous a inspiré une grande confiance en vous.

« J'appartiens à une famille qui, depuis trois générations, fournit des médecins à celle de mon maître, le seigneur de Kohama dans le Wakasa [2], et mon seul désir est de contribuer au bien-être du peuple dans les domaines de la médecine dont il a besoin. Mais en dépit d'efforts incessants, je n'ai pas obtenu d'autres résultats que médiocres, et je me reproche huit décennies d'une existence vaine. Aussi souhaiterais-je faire du peu de temps qu'il me reste à vivre un meilleur usage.

« Car ma volonté est restée ferme, semblable en cela aux vieux chevaux qui piaffent dans l'écurie, impatients qu'ils sont de servir encore.

« J'ai rencontré dans ma carrière bien des problèmes qui attendent toujours une solution, parce que je ne voyais pas, dans le Japon tout entier, à qui m'adresser pour prendre avis. Il y avait déjà longtemps que votre renom était parvenu jusqu'à moi, mais j'attendais pour vous écrire une occasion favorable. Elle s'est enfin présentée lorsque Jun-tatsu m'a mis au courant de la haute qualité de votre technique chirurgicale, ce qui m'a profondément impressionné et rempli d'admiration.

« Vous avez peut-être déjà entendu dire qu'à Edo, nombreux sont les patients à qui une opéra-

1. Correspond à la préfecture moderne d'Ishikawa, dans le Chûbu. *(N.d.T.)*
2. Aujourd'hui, préfecture de Fukui. *(N.d.T.)*

tion serait tout à fait salutaire, mais ce sont tous des aristocrates douillets, incapables de supporter la moindre douleur. Je suis donc contraint de renoncer à envisager cette possibilité, quelque conviction que j'aie des avantages qu'elle présenterait.

« Aussi aimerais-je pouvoir discuter avec vous par correspondance des questions qui me préoccupent. Mais comme la vieillesse m'affaiblit, et que c'est également en faveur de mes fils que je vous demande votre enseignement, ce seront parfois eux qui vous écriront à l'avenir. Je vous prie de les y autoriser.

« Comme Juntatsu m'a fait part de son intention de vous écrire, je saisis cette occasion pour vous faire tenir la présente lettre par son entremise. Je vous prie de bien vouloir me compter désormais au nombre de vos relations.

« Croyez en mon respect le plus humble.

« Sugita GEMPAKU
« *Le signataire*

à Maître Hanaoka et sa famille. »

On voit comment Gempaku, à quatre-vingts ans, traitait Seishû, qui en avait alors cinquante-trois. La politesse et le respect qu'il témoigne, lui, savant de haute volée, à un simple médecin de campagne, de surcroît son cadet, sont le signe d'une véritable humilité intellectuelle. Il n'est pas étonnant que Seishû ait pieusement conservé cette lettre, comme un trésor de famille.

La vaste demeure des temps de prospérité des Hanaoka eut bientôt elle aussi sa légende familiale, tout comme la minuscule maison de Naomichi avait servi de décor à l'histoire du mariage d'Otsugi.

On racontait maintenant que c'étaient la mère et l'épouse de Seishû qui, par leur dévouement, avaient fondé la renommée et la richesse de l'école *Shunrinken*. Ceux qui la dirigeaient maintenant avec un zèle sans défaillance, Shimomura Ryôan et Imose Yonejirô, ne laissaient pas passer une occasion de répéter l'histoire. Quant à Seishû, il faisait l'impossible pour distraire sa femme : il fit même venir de l'île d'Awaji un conteur de *Jôruri* [1]. Et lui aussi, quoique à mots couverts, confiait à son entourage la gratitude qu'il éprouvait pour Otsugi et Kaé. Cette dernière n'appréciait d'ailleurs pas qu'on rapportât ladite histoire. Mais on voyait dans cette réticence un indice de sa modestie.

Elle avait toujours été taciturne, mais le devenait de plus en plus : elle vivait aussi retirée que possible dans le pavillon. Cependant, sa cécité suffisait à attester la véracité du récit édifiant qui courait sur son compte.

Elle mourut à soixante ans, le 8 décembre 1829. Elle eut droit à des funérailles grandioses, auxquelles assistaient non seulement tous les élèves de l'école, mais encore un grand nombre de villageois qui avaient des liens avec le *Shunrinken*, et qui tenaient à exprimer leur sympathie au mari d'une femme aussi méritante. Et dans le cimetière familial du lac des Iris, sa pierre tombale masquait celle d'Otsugi. C'était peut-être seulement parce qu'à ce moment-là, la famille était beaucoup plus riche. Devant la tombe d'Otsugi, devenue dans la mort « la Pieuse Tomosada de la Demeure immaculée du Lotus », se dresse celle de Kaé, plus large et plus haute, où l'on peut lire le nom posthume de

1. Récitation dramatique avec accompagnement de *shamisen*, luth traditionnel à trois cordes. *(N.d.T.)*

Renkôin Hôoku Myôkun Taikei, « Illustre Sœur, Suprême Exemple de la Loi, Pilier de la Demeure illuminée par le Lotus ». Mais les pierres tombales des deux femmes, même additionnées, n'égalent pas le monument funéraire de Hanaoka Seishû, mort six ans plus tard. Celui-ci mesure près de deux mètres, et surplombe tous les autres. Il est fait de trois dalles superposées en ordre décroissant, surmontées d'une stèle bleuâtre, coiffée elle-même d'une pierre horizontale. Sur la stèle est gravé son nom posthume : Tenchôin Seitetsu Jikkô Koji, « le Bienheureux Maître de la Droiture, Sage parfait que la Demeure Céleste écoute ». Sur la face orientale de la pierre, on voit inscrits les noms qu'il utilisa de son vivant : « Hanaoka Zuiken nommé Shin, pseudonyme Hakugyô, appelé Maître Seishû » ; sur sa face occidentale, « mort le 2 octobre 1835 à l'âge de soixante-quinze ans ».

Et lorsqu'on se place devant cette tombe, on ne voit plus ni celle de Kaé ni celle d'Otsugi.

Achevé d'imprimer le 20 juillet 1981
sur les presses de Maury-Imprimeur S.A.
45330 Malesherbes

Imprimé en France

N° d'éditeur : 4570
N° d'imprimeur : G81/10151
Dépôt légal : 3e trimestre 1981
ISBN : 2-245-01641-6